1975 年，以叶飞为团长的中国政府代表团顺访伊朗，
左三为叶飞，左四为程远行

1972 年 11 月，与乔冠华在纽约参加联合国大会时合影

乔冠华在纽约公园摸真老虎

1972 年 10 月，乔冠华
在联合国大厦后院与美
国四位保安合影（左一
为程远行）

1983 年，与王炳南合影

1955 年在莫斯科留学期间（右为王永志，左为程远行）

程远行

新中国外交往事

程远行 著

中信出版集团 | 北京

图书在版编目（CIP）数据

新中国外交往事 / 程远行著 . -- 北京：中信出版
社，2024.1
　ISBN 978-7-5217-6199-3

　Ⅰ . ①新… Ⅱ . ①程… Ⅲ . ①回忆录－中国－当代
Ⅳ . ① I251

中国国家版本馆 CIP 数据核字（2023）第 226054 号

新中国外交往事
著者：　　程远行
出版发行：中信出版集团股份有限公司
　　　　（北京市朝阳区东三环北路 27 号嘉铭中心　邮编　100020）
承印者：　　北京通州皇家印刷厂

开本：787mm×1092mm　1/16　　　彩插：2
印张：20　　　　　　　　　　　　字数：214 千字
版次：2024 年 1 月第 1 版　　　　印次：2024 年 1 月第 1 次印刷
书号：ISBN 978–7–5217–6199–3
定价：69.00 元

目录

第四部分　奇人奇事

第九章　功成不居的王炳南

第十章　乔冠华的风采与遗憾

结语 // 307

自　序

2019 年，新中国迎来 70 周年华诞。我们伟大的祖国正在日新月异地创造人类奇迹，中华儿女无不为之欢欣鼓舞。面对此情此景，我不免抚今追昔，希望通过回顾往事，总结经验，提高认识，以便不忘初心，牢记使命，继续走好我们的长征路。为此，中信出版集团帮我出版了《新中国外交往事》一书，以表达我对外交长辈的敬意和对祖国外交事业的关注。

新中国诞生前，我就奉调从事外交工作。我的外交生涯是从赴中苏边境引渡末代皇帝溥仪回国开始的。

我在近 50 年的外交工作中，通过办理外交案件和调研工作，亲历了许多重大外交事件，有些是鲜为人知的往事。我把这些往事综合起来，供有兴趣的朋友参阅。

同时，我在外交部有幸接触了两位传奇式的外交家——

王炳南和乔冠华，曾在他们的办公室先后工作了 13 年之久。王炳南遵照"另起炉灶"精神，在新中国诞生前就选人搭班子，成立外交部；在新中国诞生当天便派人将《中华人民共和国公告》用 001 号对外公函发往解放前的各国驻华机构。接着便遵照《公告》精神，很大气地通知世界各国，新中国要"废除一切不平等条约"，并郑重地向世界宣告：要想和新中国建交，可以，但必须通过外交谈判。如果有的国家搞"两个中国"或"一中一台"，想和新中国建交，门儿都没有。王炳南、乔冠华从这些政府间的外交工作开始，在新中国几十年的外事交往中，在许多重大外交事件中，留下了他们的足迹和智慧。有关他们的往事，我也陆续地写出来。这些往事对丰富外交史有用，相信对读者也大有裨益。

新中国外交史是一部中华民族在中国共产党领导下，坚持独立自主，自力更生，艰苦奋斗，顽强崛起的励志史。在这段历史中，外交部的所有工作人员，不论是在国内，还是在驻外使领馆，都牢牢记住中央的指示：外交无小事。在贯彻中央的外交方针政策时，必须要在调研的基础上，有的放矢，有理、有利、有节、有大局意识地做好每一件外事工作。例如，在坚持"一边倒"的对外政策中，和互不承认的美国建立起官方的大使级的对话关系；在做到睦邻友好的同时，坚持寸土不让的领土主权原则；在反对霸权主义的同时，不遗余力地坚持和平外交政策。

这些外交政策的执行和运作，为新中国的成长、壮大奠定了稳固的基础。

我们永远不能忘记，新中国外交是在毛泽东、周恩来等老一辈国家领导人的指导下进行的，他们以"和平共处五项原则"为准则，从民间到官方，从双边到多边，在外交上取得了重大突破，对我国外交事业做出了重大贡献，博得世人称赞。今天，习近平主席提出构建新型国际关系和人类命运共同体的重要思想，也必然会为中国外交史谱写出更为精彩的篇章。

在这里，我要诚恳地感谢中信出版集团的朱虹女士和相关编辑人员，感谢他们为《新中国外交往事》一书提出了一个有活力、有灵性的框架，使我有勇气完成这本书。

程远行

2019 年 8 月于北京

第一部分

大國博弈

第一章

决胜东北：引渡溥仪背后的
中苏拉锯

大约在 1946 年下半年，苏联红军从哈尔滨撤走回国。靠苏联红军保护的少数国民党接收大员深感在哈尔滨待不下去了，便偷偷摸摸地从哈尔滨溜回"蒋管区"。

　　此时，中国共产党分散到各县各乡的干部和部队又返回了哈尔滨。从此，哈尔滨的各行各业、工厂学校名正言顺地在中共哈尔滨市委领导下步入正轨。

　　在这段时期，蒋介石发动内战，不得人心，和中共在政治上较量，威信更是丧失殆尽。中共的政治威信在全国不断提高，在东北各小城市和农村留下了很好的印象，并在各地建立了十分稳固的革命根据地，而且这一利好的形势仍在不断发展。

　　1946 年 8 月，中共中央为加强对东北各地的统一领导，在哈尔滨成立了东北行政委员会。约在 1948 年年中，由于工作需要，东北行政委员会设立了一个外事机构：东北外事处。东北外事处成立后，便立即搭班子、调人。此时，蒋南翔想到了我。

此话还须从 1946 年我和蒋第一次见面说起。

东北外事处缘何成立？

我 1946 年参加革命工作。是年年中，我在哈尔滨市政府第一次见到时任教育科长的蒋南翔。我很坦诚地向蒋提出要继续学习的愿望。蒋知道我是"民主青年联盟"的组织者，便问："要学什么？"我答："学医。""为什么？"我说："我母亲病重半年，没钱治，36 岁去世。"蒋也不再问，便说："我安排你到哈尔滨大学医学系学习，还可在学校里继续开展共青团的工作，以团结更多的同学，共同进步。"

这次谈话之后，蒋南翔立即给我写了一封致哈尔滨大学教务长栗玉的信。信中要求栗教务长安排我在哈尔滨大学医学系学习，并安排食宿。

这是我得到组织上关怀的一件大事，非常感激，终生难忘。在通过考试后，栗玉安排我到医学系乙班任班长和团支部书记，并要求我立即上课。

从此，我便在大学里度过了近两年的美好时光。在这里，我得到了地下党组织的关照，接受了良好的教育。

往事历历在目，平平淡淡，不足挂齿。就个人而言，1948年确实是令我难忘、追思和感恩的一年。

在这一年里：我成了一名中共地下党员；参加了由蒋南翔领导的"土改"工作队，遵照党中央新的土地法大纲到哈尔滨市郊区，组织贫下中农开展土改工作；奉调到东北行政委员会的东北外事处工作。这件事是蒋南翔和栗玉决定的，我应该欣然服从安排，但这样我便需要改行从政，与学医的梦想失之交臂，因而接到指令后略有踌躇。

栗玉在跟我谈话时的最后一句话，使我的一些杂念烟消云散。栗玉说：你是一名地下党员，必须服从组织安排；对你工作的安排也是蒋南翔的意思；学医只是为了治病救人，而到东北外事处工作，是要你打开眼界，抓大事，抓政治，去维护人民的政权。

听后，我立即向栗玉表示，坚决服从组织安排。

东北行政委员会于1946年在哈尔滨正式成立。委员会的全面工作由副主任委员林枫主持，由副主任委员高崇民、张学思（张学良的胞弟）和秘书长栗又文协助。

东北行政委员会下设办公厅、民政部、农业部、工业部等。办公厅由张文豹负责，民政部由王一夫负责，工业部由王鹤寿负责，农业部由张庆泰负责。

经过一段时间的工作，该委员会发现东北的外事工作较为突出，仅哈尔滨就有30多个国家的侨民和几十个国家的领事馆，而且历史上的哈尔滨也曾是日、俄、英、德、美等列强的必争之地，因此，在东北行政委员会设立外事处实属必要。这不仅是东北地方上的需要，也是党中央外事组的需要。

外事处属涉外部门。外交无小事，有关外事工作，林枫同志都亲自过问。于是东北外事处的办公室便设在哈尔滨南岗

（秋林公司附近）林枫办公室楼下的三间屋子里。一切从头开始。最初工作不忙，干部也少，仅有三人：处长陆曦、处长夫人王如和我。

陆曦于20世纪30年代参加革命，曾奉调到莫斯科学习三年，是位有战功、有信念，俄文也好的老干部。我们三人在外事工作方面都是新手，只能谨慎小心地从头做起，搞调查、翻译资料，贡献虽微小，却没虚度时光。

几个月后，辽沈战役打响，我军越战越猛，而国民党的军队则被打得溃不成军，解放沈阳指日可待。

11月1日左右，东北行政委员会遵照中央指示，包括后勤班子在内的全部机关人员，在林枫同志带领下立即动身，乘火车离开哈尔滨，前往即将解放的沈阳。

万没想到，我们的火车即将到达四平时，前方来报，在四平，我方和敌人的拉锯战仍在激烈地进行，要求我们的专列在四平北立即停车，等候通知。

约五六个小时之后，前方来报，我第四野战军部队已击退国民党军队的反扑，四平车站的铁路已被我控制，南下的这一专列可以安全通过。

几个小时之后，林枫率领的一行人抵达沈阳，时间是11月4日（沈阳是11月2日解放的）。我第四野战军派大批军用大卡车把我们一行从火车站送到临时办公地——太原街一号大白楼。

太原街一号大白楼原是国民党"剿匪司令部"的办公楼。在大白楼门前，当时仍挂着一个漆白的木制大牌子，牌子上是醒目的大字：国民党中央政府剿匪司令部。在我看来，此楼不仅是剿共的大本营，还是国民党在沈阳掠夺、抢劫百姓和盗窃沈阳故宫文物的贼窝。

这天，我在大白楼里上下走走，偶然发现二层大礼堂里堆积着大量的贵重文物和字画。不言而喻，这些文物都是国民党高官从民间抢来的，或从沈阳故宫偷来的。仅就此事此景就可以断言，蒋介石政权已无药可救，非垮不可。

沈阳解放后，为稳定民心、恢复全市的市政管理，也是为了尽快恢复全市人民的正常生活，根据中央精神，沈阳成立了沈阳市人民政府，并在市政府内设立外事处，处理全市的涉外工作。中央任命朱其文同志为沈阳市市长。

考虑到涉外工作需要，"东北行政委员会"改名为"东北人民政府"，"东北外事处"改名为"东北外事局"。"沈阳市外事处"和"东北外事局"在工作上关系密切。东北外事局成立初期，除局长陆曦外，工作人员依然仅有王如和我二人，均享受营级待遇。

从事涉外工作之初，我摸着石头过河，边干边学边总结，能否把工作做好，出色地完成任务，是对我的一大考验。

苏联急于甩掉包袱

1950年6月的一天凌晨，东北外事局大院门铃响个不停，原来是沈阳卫成区转来一封周恩来总理兼外长致东北人民政府主席高岗、副主席林枫的电报。

电报内容是，指示东北外事局局长陆曦前往中苏边境，办理引渡并押送由苏联移交的伪满洲国皇帝爱新觉罗·溥仪和伪满各大臣，一起被引渡的还有900多名日本战犯和战俘。

我立即将电报交给了陆曦。

接着，我们又连续收到周恩来致高岗、林枫的几封电报，就引渡溥仪一事做了些具体指示和交代。

1949年12月，毛泽东主席首次出访苏联。当时，新中国成立刚刚两个来月，在国际上十分孤立。虽然我们不怕孤立，但从稳住脚跟以及战略角度出发，必须与周边国家建立睦邻友好关系。新中国百废待兴，需要发达国家在平等互利的基础上给予援助，这才是压倒一切的大事。因而毛主席在出访苏联时，并没把引渡战犯、溥仪一事摆在议事日程上。

客观地说，中国"向苏联一边倒"的政策固然令苏联高兴，但实际上，斯大林对中共还存有不少疑虑和戒心，以致毛主席访苏遭到了少见的冷遇，这不仅引起毛主席的不满，也引起了西方新闻界的猜疑。对此，斯大林不得不在接待上及时升温，他担心中国会离他而去。

然而，为什么苏方会主动向毛主席提出希望中国引渡这批战犯、战俘和溥仪等人呢？

应该看到，不管将这批战犯、战俘和溥仪等人移交给谁，都将成为推动国家合作关系的一大筹码。

须知，斯大林不会办不利于自己的事，他的大国沙文主义、民族利己主义倾向十分严重。他为了本国利益，不惜牺牲别国的利益，甚至大搞强加于人的强权政治。在对华关系上，斯大林更是精打细算。这些战犯、战俘和溥仪等人在苏联生活了5年，已经没有什么利用价值了，早些移交给中国，既可令中方满意，又可甩掉这个包袱。

一天，苏联外交部部长维辛斯基对毛主席说："1945年，苏联出兵中国东北，打败日本并将一批日本战犯、战俘和伪满洲国皇帝溥仪等人押到了苏联。现在中华人民共和国已经成立，这些战俘应该引渡到中国，由你们来审判和处理。"

毛主席立即表态说："中国迟早要将这批战犯接过来进行审判，只是目前还不能。"

"我们愿听毛主席的安排，但不知目前办这件事有什么困难？"维辛斯基问。

毛主席回答说："目前，中国人民的主要仇恨集中在内战罪犯方面，而审讯内战罪犯的时间最快也要到1951年。"

"但不知和引渡这批战俘有什么关系？"维辛斯基仍然不解地问。

"如果先期审讯日满战犯，而不审讯内战罪犯，则有不足之处。"毛主席从容不迫地回答之后，接着又问维辛斯基，"请问，这批移交的日满战俘可否请苏联暂代拘押，此事推迟到今年下半年移交如何？"

维辛斯基立即表示同意。双方商定届时再通过外交途径研究引渡问题。具体引渡方案在几个月后达成共识。

战俘的三种类型

7月18日凌晨4时50分，绥芬河①和往常一样，浓雾弥天。在寂静的火车站台上站立着几个人，为首的是奉命接收溥仪和战俘的外交部代表——东北外事局局长陆曦。陪同人员有我和东北公安部门的几位同志。

陆曦把工作安排妥当之后，指针已到5时整，此时东方远处传来轰隆隆的声音，仔细一看，一列火车像个庞然大物冲开浓雾，慢慢地行驶到苏式宽轨的顶端停了下来。

苏中双方移交日本战俘的手续比较简单，也比较顺利。

命令发出后，这些日本战俘按车厢顺序，从苏联的宽轨闷罐车排队下车，规规矩矩，秩序井然，步行约200米后，再上中国的闷罐车。

我公安人员对下车上车的日本战俘严格把关，逐个点名，清点清楚。

战俘的移交场面极为严肃，似乎在召开"受降大会"。"受降大会"没有仪式，没有讲话，车站内外，一片寂静。

在移交过程中，根据战俘的不同表情神态可以把他们分成三种类型。

第一种是日本士兵，他们仍然是日军装束，身背挎包，头戴鸭舌军帽，脚踏高帮翻毛皮鞋。当我公安人员点名时，他们

① 绥芬河是一座山城，位于黑龙江省东南部，西依老爷岭，东临中苏边境，与苏联接壤，并有铁路、公路与苏相连。

仍然维持着素有的军风，"哈伊"一声，跳下车来。登车时，他们仍然是规规矩矩地排队有序，目不斜视。至于这批战俘心里在想什么，是惧是忧，是听天由命，还是心怀妄想，谁也猜不透。但是，有一条可以肯定，他们不想反抗，也无力反抗。不排除他们都抱有这样一个希望，就是能获得中国人民的宽恕，早日放他们回国。因此，我们可以断言，这些战俘在移交过程中不会闹什么事。

第二种是地位较高的军官，他们还是那样趾高气扬、傲气十足。在转车的过程中，还摆出不可一世的架势，对周围的一切不屑一顾，走起路来还是那副装模作样的德行，实在令人恶心。

第三种是伤病员。病情有轻有重，但他们都硬挺着，毫无例外地按指令下车上车，不敢吭声。看得出，这些病号在不同程度上渴望得到较好的治疗，以期早日康复回国。这些伤病员下车上车的时候，还出现了互相搀扶的现象。他们这种互相帮助、不放弃彼此的表现，还是值得称赞的。

经我公安人员清点，苏方移交的日本战俘比原定的人数少了两人。

按中央通知，我们应接收日本战俘971人，而苏方实际移交的人数只有969人。经询问，苏方代表解释说，名单中有一名日本战俘因病医治无效，已经死亡，另一名重病垂危，已不能上车，故不能如数移交。

最后，我们接收了969名日本战俘和他们的有关审讯材料。

初见溥仪

8月3日，第二批战俘与溥仪等人入境。

凌晨6时整，一列苏联宽轨列车缓缓驶入绥芬河火车站。不多时，从车上下来两个苏联军官，向我们走来。

当两位军官走近时，陆曦走上前去，伸出手来表示欢迎。

为首的军官自我介绍说："我奉苏联最高苏维埃之命，押送伪满洲国皇帝等战俘前来报到，我是苏联管理总局代表中校科富托夫，这位是我的助手上尉阿斯尼。"

陆曦用流利的俄语说："我奉我国总理兼外长的指派来和中校同志办理接收这批战俘的手续，我是东北人民政府外事局局长陆曦，和我一同来执行这一任务的，有外事局干部程远行。"

接着，双方办理了交接手续。我公安人员拿走溥仪个人的一小箱珠宝之后，陆曦和中校开始按名单移交溥仪和58名伪满洲国战俘，共计59人。这些战俘包括伪满洲国大臣、军官和职员。

陆曦和中校一起离开了苏联公务车，穿过200多米的铁轨，准备到距离中国火车百米远的台阶上监督移交。中校利用这个机会，向陆曦谈了有关溥仪等人在苏联5年的大概情况。

中校说："5年前，溥仪在被俘前想去日本，打算投靠日本天皇。他是死心塌地妄图依仗日本帝国主义势力，伺机打回东北，复辟皇位，很不愿意到共产党领导的社会主义国家来。溥仪也知道，苏联十月革命后，将大批沙皇贵族发配到西伯利亚。

有些幸免逃脱的沙皇贵族，也都流亡国外，有的去了西欧，有的去了中国。这三十多年来，他们大部分都死在国外，他们的后裔也没有任何作为了。因此，溥仪和他的'大臣'早就预料到，北上投奔苏联是没有出路的，但他们万万没想到，在我们向日本宣战的第三天，他们竟成了我们红军的俘虏。

"苏军遵照最高统帅的命令，将溥仪等人掳到苏联远东地区。为了对中国人民有个交代，我们对溥仪并没完全按战俘对待。他们住的是大旅馆，并有众多后勤人员、医务人员为他们在生活上提供很不错的照顾。

"这样一来，反而给溥仪等人造成了一个错觉，他们以为苏联对他们很宽厚。于是溥仪等少数人用收买的办法，贿赂我们的看守、服务人员，甚至军官，妄图获得自由。收买不成，溥仪便公开提出要在苏联政治避难。这些小把戏，用在资本主义国家可能奏效，而在我们那里，此路不通。

"溥仪为这些事折腾了几年，仍不死心，便直接上书斯大林。他仍然把自己看成一代历史人物，可与元首平起平坐，其实，在我们眼里，他只不过是一个历史垃圾。他的上书，我们可以转，但至今谁也没理他。我们知道，苏联最高苏维埃对溥仪的处理，早有既定方针。

"这批'大臣'的心理，我很明白。他们都想回国。一是因为中国有他们的妻儿老小；二是因为他们大部分年事已高，不愿意死在冰天雪地的西伯利亚，不愿意死在远东。用他们自己的话说，死也死在老家，埋也埋在老家的坟地。至于几个年轻人，他们无所谓。他们只是工作人员，并无大罪，都希望早日回中国与家人团聚。"

中校在和陆曦谈话间，移交工作已经开始。59 名俘虏一个接着一个，相距有五步远，从苏联火车上下来，老老实实地走一段路，再登上中国的火车。

这些鱼贯而出的人，多半已年过花甲。他们有的行动不便，老态龙钟；有的身体还行，昂首挺胸；有的人走路神态则略显紧张，当年的威风、官气、傲气和霸气早已荡然无存。有不少人在走这段路的时候，还偷看周围的情况。其实，他们看到的是一个安安静静的小火车站，并没有士兵在周围监守。这种脱离开刺刀监视的活动，是他们预料不到的。

在下车走路的过程中，突然有一个老人停下脚步，转过身来，面向我们两腿并齐，行了一个九十度的鞠躬礼。此时，陆曦立刻摆手示意，让他上车！这个行礼的人，为什么鞠此大躬？是渴望中共代表高抬贵手呢，还是以有罪的老身向祖国忏悔？还是因为没有刺刀押解，而意外亢奋？谁也弄不清。在他之后，紧接着又有两三人向我们行礼。第四个下车的人是一个身强力壮的年轻人，背着一位老人走了过来。陆曦忙问："背着的是谁？"中校答："他是熙洽。"

熙洽是东北名人，是最早向日本投降的汉奸。他已年过六十，体弱多病，不能行走。

最后下车的是溥仪，他下车之后东张西望，似乎在找什么。

溥仪突然回过头来，向苏联列车门前的阿斯尼上尉点了点头，以示道别，而对站在 50 米外的中苏移交战俘代表则不屑一顾。他那种皇帝的派头，依然如故。

溥仪此时走起路来，像只鸭子，头抬得很高，脖颈挺得很长，旁若无人，傲气十足。如果此时他穿上龙袍，挂上玉带，脚蹬朝靴，一定会迈开八字方步，摇摇摆摆，不可一世。如果此时他穿上日本天皇赐给他的元帅军服，头顶帅缨，脚蹬皮靴，虽说像根竹竿，他也会感到高人一等。然而，今天的他既无龙袍，也无帅服，而是身穿一套深蓝色的西装，白衬衣，没打领带，脚下穿了一双皮拖鞋。再往上看，他把分头梳得光光的，戴着一副金丝眼镜，其相貌还不错，40 多岁的中年人，虽说不是仪表堂堂，却也帅气十足。只是他那双鞋不太跟脚，走起路来不大利落。当时我很奇怪，这个腰缠万贯的末代皇帝为什么穿了双只能拖着走的皮鞋？

这时，我公安人员来报，溥仪等 59 人都一一移交完毕。其中有溥仪和他的随从。这些随从有毓嶦、毓嵒、毓嶂和李国雄等 8 人；有伪满洲国内阁大臣 13 人，其中包括"总理"张景惠，"各部大臣"熙洽、臧式毅、邢士廉、谷次亨、于镜涛等；伪满洲国将级以上军官 23 人、普通军官 1 人；伪满洲国外交职员 13 人。他们都一一登上了中国的火车。

战俘移交完毕，陆曦立即将一份"换文"交给苏联中校，并向他表示感谢，然后握手道别。中苏双方这一具有历史意义的外交活动圆满结束。

招待"文武百官"用餐

火车开动。59人上车后的座位，由我公安人员逐个分配。除溥仪外，车厢一边三人座的位置上坐两人，另一边两人座的位置上坐一人或两人。这些人不论年纪大小、原来是什么头衔，一律平等，各得其所，都坐得很宽敞、很舒服。溥仪被安排在这一节车厢的最后边。他一人坐了一个三人座，对面的座位没有人。

溥仪另一边的双人座就是陆曦和我的座位。陆曦和我相对而坐。这样的安排，一方面，可以让这位"皇帝"和他的"文武大臣们"知道，共产党的高级干部陆曦和他们一样，坐在这硬板座位上；另一方面，我们可以利用此机会好好观察一下这位"真龙天子"有些什么动向。

溥仪上车后，神情惶恐，坐立不安。他时而立起身来，前看看，后看看，东摸摸，西摸摸；时而坐下来，把面前的茶几摸个遍，如同刚进幼稚园的孩子，看什么都新鲜。在我们眼里早已看不出小说里所描述的皇上九五之尊、威风凛凛、神圣不可侵犯的模样。

我猜想，溥仪这些很不自然的动作，也许是他对这三等硬座火车不习惯、不满意，又不便发泄所致。当年，溥仪出城乘的是公务专列，车内有沙发，有软床，有浴室，有厕所，而今沦落到坐硬座火车，有些沮丧。也许是他发现和诸"大臣"、侍从同坐一个车厢，而且座位一样，同等待遇，平起平坐，很伤其"皇帝"的尊严，面子上有些挂不住。也许他原以为，一上火车，就会被戴上手铐脚镣……

我在琢磨溥仪的一些行动的同时，出于好奇，看了一下溥仪穿的那双拖着的皮鞋。这是我第一眼见到溥仪时给我留下的一个怪印象。他身穿西装，脚踏拖鞋，实在有些不伦不类。

不看则已，一看大吃一惊。一双好端端的皮鞋，只是由于没有人帮他穿，他竟然硬是用双脚将后帮踩扁，踩成了一双拖鞋。

我们对其他58人也很好奇，很想知道各位"大臣老爷"是否也这样惶恐不安。火车开动不久，我借去卫生间的机会，从车厢后面走到前面，又若无其事地走了回来。只见这些"臣子"坐在座位上，都是一个姿势，就连年老肥胖的张景惠也是如此。他们都把脸绷得紧紧的，腰板坐得直直的，双腿并齐，目不斜视，有的人在发愣，有的人在发呆，活像一排排活木偶，一动也不动。这是为什么？他们怎么啦？是不是被老毛子折腾得神经兮兮了？

我回到座位上，小声和陆曦讲了所见到的怪现象。陆曦说："溥仪这人的思想复杂些，其他人不好说，估计他们都有些紧张。"

"真奇怪，这车厢里，除了我们俩，一个外人都没有，也没有武装押解，他们紧张什么？"

我们正在议论时，负责这个车厢安全的公安人员小王和列车员走过来告诉我们，等一会儿安排吃早饭，餐具都是铁路分局经消毒送上车的。他们请示陆曦，前头有人很小心地问我们，可不可以趴在车窗边往外看，还问火车是否开往北京。这些问题是回答好呢，还是不理他们好？陆曦说："你在开饭的时候告诉他们，可以看，不要太拘束。"这时，我才恍然大悟，为什么这些人上车后，神情如此紧张。"大臣"们坐在那里一动不动，"皇上"像个小偷似的东张西望，原来他们不了解为什么把窗户用报纸糊了起来，只在窗下留一道不足一寸宽的小缝。他们想低头偷看一下，又怕犯规，也不敢多问。

这时，列车员和公安人员小王走到车厢前头，列车员大声宣布："我是列车员，我和小王共同在这个车厢里服务。首先，我欢迎各位。既然都是这列火车的旅客，大家就不要太拘谨。有人问我，可不可以从窗户下面的小缝往外看看。其实，这样的事不必问，是可以往外看的。东北的大好山河，有什么不可看的。只不过，你们看得时间长了，会把脖子扭酸的。"列车员这么一说，全车的人都活跃起来，有的人还咧开大嘴笑了几声。列车员稍停后，又接着说："现在我们准备安排各位在座位上吃早饭。早饭前，每人发两个碗、一双筷子。饭后，你们自己到盥洗室，把碗筷洗好，再把这吃饭的工具保存好，下顿再用。今天的早饭是大米稀粥、花卷、咸鸭蛋和咸菜。"小王接着补充说："你们已经回到了祖国，已经到家了，不要那么紧张，随便一些。中央政府对这次的移交工作很重视，还派医生陪同。谁有病，谁有哪里不舒服，就到车厢前面找李医生看看。"

小王刚把话讲完，这些刚才还发呆犯傻的"老爷"，可真的活跃起来，彼此交头接耳，又从窃窃私语到一片欢腾。有的人开始伸懒腰，有的人左右摇摆，松松筋骨，有的人弯下腰，顺着窗户缝向外张望。车厢里的气氛，已经发生了变化。这时，一位年过花甲的伪大臣对小王说："刚上车，看到窗户被封，两墙相夹，没有阳光，又不通气，在脑子里产生了一种恐惧感。现在，听列车员先生这么一说，我的一些没有根据的怀疑和推断，都烟消云散了。"列车员从旁说了句："我说的话，还没白说。"周围的人都被逗笑了。

小王开始帮列车员发碗筷。

当列车员把碗筷分到溥仪手中时，溥仪流露出难为情的样子。他那当"皇上"的架子又来了，似乎领碗筷的事，应由侍从代办。小王借机说了一句："这碗筷个人要保存好，在火车上要吃好几顿饭呢！"溥仪立即接过碗筷。

小王刚转身时，溥仪指着列车员问："你是说欢迎我们吗？"并笑着探问："我们也是受欢迎的吗？"

"我讲过欢迎你们。我是列车员，我对任何一位乘坐这列火车的旅客都欢迎。"列车员回答得很干脆。

这时，机灵的小王转过身来，面带笑容对溥仪说："咱们都是中国人，祖国怎能不欢迎呢？"溥仪笑了，笑得很开心。谁也弄不清溥仪是怎么理解这"欢迎"二字，但他笑得很自然、很得意。

接着，列车员和小王抬来了一大桶大米稀粥、一筐花卷和咸鸭蛋、咸菜等。然后，从前头分给每人一碗稀饭、两个花卷、一个咸鸭蛋和一小勺油炒咸菜丝。分完后，小王把桶里剩的稀饭放在车厢前头，并嘱咐说："谁想再喝一碗稀饭，就自己来盛。"

这顿早饭吃得真热闹。

有几个走起路来慢慢悠悠、老气横秋的伪满老臣和那几个胆战心惊、谨小慎微的"宫廷官员"，在吃这顿早饭时，一反常态。他们好像从深山跳出的一群饿狼，吃起花卷来，狼吞虎咽，喝起粥来，呼噜呼噜响个不停。不多时，剩下的半桶稀粥，全被喝光，剩下的花卷，也被一扫而光。

小王见此情形，有些不知所措。他万没想到，这帮"大官"如此能吃。他转身到前一节车厢，将我公安人员吃剩的半桶稀饭和花卷，全拿了过来，让"大官们"继续吃。小王的这一行动，博得一片喝彩声。

小王担心溥仪不好意思和"大臣"们抢食，便拿了一个花卷，走过来问溥仪："再吃个花卷吧！""我已吃饱了，还剩了一个花卷。这稀饭真好喝，真香。"溥仪一边说，一边向小王微笑，以示对他关照的谢意。

小王也会意地对溥仪笑了笑，接着又说："剩下的那个花卷交给我吧。剩下的花卷集中起来，还可以吃的。"溥仪奇怪地问："剩下的东西，还能吃吗？""再蒸一蒸，就能吃。"接着，小王很严肃地跟溥仪说："你知道吗？我们东北解放军官兵和政府各部门干部目前一日三餐吃的还是高粱米、大楂子，都吃不上大米白面！"说完，小王往车厢前面边走边大声说："我可提醒你们，吃剩的花卷，不准乱扔，都要集中放在筐子里。这都是东北人民的粮食。这样的花卷，东北老百姓和我们解放军官兵都吃不到的！"小王的话没有得到任何人的响应。因为这些人把分给他们的花卷全吃光了，而且吃得都很快。

小王是位营级干部，在解放战争中，他在军队担任过中队宣传员、师部通讯员。他立场坚定，头脑灵活，待人坦诚，办事细致，说话滴水不漏。

小王拿着花卷正在往车厢前面走的时候，有一个伪大臣伸出大拇指对小王说："你说得真好，真实在。我老实跟你说，这些人已经五年没喝咱家乡的大米粥了，五年没见过咱家乡的花卷了。这顿早饭真香，比老毛子的黑列巴要好吃多了。就从这一点来看，能吃上家乡的饭，我已经很满足了，死了也知足了。"对这位"老臣"的感慨，小王正要表示什么，坐在旁边的一个六十多岁的人插嘴说："五年边陲之苦，吃酸列巴的日子终于结束了。我已年过花甲，该寿终正寝了。我宁愿死在东北老家，也不愿自己的老骨头埋在西伯利亚……"又有一人接着说："吃了五年黑面包，真受罪，不想家才怪呢！"

机灵的小王立即发现，这些人的话，是说给他听的，话中都想刺探点什么。小王又觉得，这些人的话也没全错，他便插嘴说了一句生硬的话："怎的？吃黑面包就看成是受罪，你们可太娇气啦。有黑列巴给你们吃，就已经很不错了，竟被你们说成是受罪。实在是罪过。"

小王这么一说，有人倒笑了起来，有人表示说得在理。就在这时，张景惠说话了，他对小王说："我们都是些粗人，看到东北家乡的饭，就忘了东西南北了！你看他们这熊样！"

溥仪也不闲着，他发现车厢前边说说笑笑，气氛挺热闹，就有些按捺不住。他一会儿抬头往前看看，又立刻把头缩了回来。看得出，他对前边的谈话颇感兴趣。既然如此，他为什么不走上前去问一问呢？

溥仪是想问，却又不肯问。原因在于他那"皇上"的架子还端得足足的，不愿屈尊下问。

溥仪当了几次皇上，一直都处在至高无上的地位。周边的大学士或总理、各部大臣、文武百官等都是他的奴才。这些奴才没有不吹捧他的，没有不怕他的。他也乐得接受吹捧，并为此而扬扬得意。会吹会拍的人，可青云直上，各有所得，何乐而不为。

当年溥仪的一句话，可谓"地动山摇"；他的一个眼色，可使人头落地。因此，无人不把他奉为神灵、真龙天子。而今，"天子"成了俘虏。他的那些部下、奴才对他是个什么态度？是一如既往、无限忠诚，还是和"皇上"划清界限、反戈一击呢？这个问题，"皇上"自己弄不清，我们当时也弄不清。

最后，溥仪还是控制不了自己的猜疑心和好奇心。他突然转过身来，态度很生硬地问小王："厕所在哪里？""在前边！"

当溥仪正要起身去厕所的时候，火车紧急刹车，停在一个小站上。溥仪仍然站起来，继续往前走。小王这时说了一句："等火车离站时，再去厕所吧！"溥仪不听，也可能他听不懂，仍继续往前走。

我当时对溥仪那种傲气和他那种爱理不理的酸劲反感极了。一个汉奸傀儡皇帝有什么了不起，还神气什么。如果把他交给农民，他早就粉身碎骨了。我把我的这些想法跟陆曦说了。陆曦说："他上厕所是假，到前面摸情况是真。"

溥仪正在往前走，一个侍从走过来，伸手扶住了他。溥仪仍然若无其事地往前走。

有的"大臣"见溥仪走过来，不予理睬，仍旧我行我素；有的人虽不吭声，却把腰板挺得直直的，以示对"皇上"的尊重。

扶着溥仪的侍从小声对他说了些什么，溥仪十分认真地听。前边有个人扯开嗓门说："利用停车的机会，活动活动筋骨，是最高明之举。"这句拍马屁的话，溥仪爱听。溥仪立即表示："坐车长了，挺累的！"又问："熙洽身体怎样？"坐在前几排的熙洽听见了，受宠若惊，想站起来，又站不起来，便拱手作了个揖，以向"皇上"致谢。旁边有人立刻回答了一句："回来了，病就好了一半，等回到家，就痊愈了。"

旁边一位"老臣"接着自言自语地说："到家？谈何容易！眼下还不知火车往哪儿开呢。"这句提问，似乎是想从溥仪口中得到答案。

此时，列车员在前面大声说："我们这列火车原定不在小站停车，只停牡丹江、哈尔滨、长春等几个大站。估计是为了躲开一列有紧急任务的火车。"

趁溥仪走开，我对陆曦说："溥仪有些坐不住了。看样子他已经有些心慌了，很想刺探一下我们的态度。他在苏联被关押了五年，估计他现在的思想仍然停留在五年前的状态，极顽固、极反动，对国内的变化不会了解多少。你能不能找他谈谈，开导开导他，必要时，教训他一番，至少也可以压一压他那不可一世的气焰。"

陆曦说："他慌，我不慌；他急，我不急。时间还有。他不是傲慢得不可一世吗？那就让他在我面前傲个够，不必理他。等他略微稳定一些，觉得傲而无用，肯不耻相问的时候，我再跟他谈。我看他就挺不过今天。"陆曦就这样从容不迫地跟溥仪耗上了。

陆曦是位老干部，曾在苏联学习多年，俄语很好，有工作经验，有办事能力。他在林枫的领导下，工作不错，上下配合得很默契，得心应手。就拿这次引渡溥仪来说，他不慌不忙，胸有成竹，许多事都在他的意料之中。

火车起动了。溥仪确实没去厕所，到前面转了一圈又匆匆忙忙回到了自己的座位上。

与溥仪对谈

随着列车加速，溥仪的情绪似乎也趋于稳定，只是他的眼睛正透过金丝眼镜，不断地向陆曦这面瞟来。

溥仪这人有些怪怪的，患得患失。他既是一个大势已去的伪皇帝，也是一个思维正常、遭受挫折的普通人。他并不是不想面对现实，顺流而下，只是他那"真龙天子"的老底、末代皇帝的优越感和臭架子还有些放不下。因此，当他踏入中国大地之后，他那种目空一切的故态，又复萌了。上车之前，他看到两个穿中山装的人和苏联中校站在一起，以为这些人都是小人物，不值得理睬；上车之后，他又看到两个穿中山装的人，坐在他附近，他又以为是被押上车的同路人，也不屑一顾；现在可好，当得知穿中山装的这位长者就是中共派来的代表，他有些紧张，有些尴尬。他想找机会向这位中共代表打个招呼，又觉得已经失敬在先，有些不好转弯了。他这种进退维谷的心态，都暴露在他的举止和表情上，很不自然。

这时，溥仪用双眼直盯着陆曦。陆曦不理他。这种冷遇，溥仪在几十年的皇帝生涯中，是见所未见的。他有些急了，却不敢乱发"龙威"。最后，他干脆拉下面子，放下架子，向我套起磁来了。

溥仪那张很不自然的笑脸凑过来问我："你贵姓？你们就是接收我们这些人的政府代表吧？"

"免贵姓程。我不是代表，你有什么事？"

溥仪急忙说："今天我能和中共官员见面谈话，是我多年的愿望。代表就坐在我的旁边，我都不知道，失敬！失敬！"

我当时认为，陆曦和溥仪的谈话时机已经成熟，如果再不理他，会把他憋死、吓死。于是我用手示意溥仪说："这位就是和苏联军方谈判，并接收战俘的中央人民政府外交部代表、东北外事局局长陆曦。"

此时，溥仪眉开眼笑地面向陆曦说："失敬！失敬！我很愿意和你认识，和你聊聊。"陆曦听后说："好啊！聊聊好，聊聊好。"陆曦一面说，一面站了起来，走向溥仪对面的座位。溥仪受宠若惊，立即起身，表示欢迎。

溥仪找陆曦谈话的目的是想刺探一下，我国政府对他将如何处置的问题。其实，关于如何处置溥仪，是杀，是留，是入狱，还是释放，中央没给我们任何指示，陆曦也不清楚。我们的任务是把溥仪等人安全押送到沈阳，路上听听反映，了解一下溥仪等人的情况，并对他们做些宣传工作。仅此而已。

陆曦也觉得和溥仪谈谈，时机已经成熟，但彼此都不摸底，难免有些顾虑。溥仪担心，因从没与中共官员谈过话，对这位中共代表又不了解，怕谈不好会引火烧身。陆曦苦于摸不到溥仪的心思，也不知溥仪能否谈心里话，如果在两天多的旅途中，他连溥仪最基本的思想脉搏都摸不到，怎么交差？

现在这台戏既然已经拉开了序幕，就让它顺其自然地进行下去吧。

陆曦决意把两个话题作为交谈的重点：一是了解溥仪在苏联的情况；二是跟他谈谈国内的变化，并相机杀杀他的傲气。话题就从平淡的早饭开始。

"怎么样？回国了，多年没吃中国饭，很香吧？"

溥仪笑着回答说："人为财死，鸟为食亡。我有生以来，没管过钱，也不重视钱，我也从没为钱操过心。而对吃，我略有讲究。我过去吃的山珍海味、美味佳肴，自不必说。但唯对老百姓的普通饭菜、稀饭咸菜，情有所钟，我最爱吃。

"在苏联五年之久，苏联对我们还不错。我们每天吃西餐，一天三顿白、黑面包，有黄油，有果酱，有大菜。初到苏联的几个月，我们吃得新鲜。时间长了，都吃腻了。今早的稀饭和花卷是我们很想吃的东西。我吃得真香，比任何山珍海味都香。我们（他手指前面的诸'大臣'）中有的人喝上了稀饭，都有些忘乎所以，高兴得说胡话了。"

陆曦接着话题说："我们许多中国人出于种种原因，走出国门。国外的生活对任何人说来，都是新鲜的。但时间长了，他们就会想家了。金窝银窝不如土窝窝好。特别是有的人到了生活习惯完全不同的国度里，真有些度日如年。"

"你也有这样的体会？"

"不错，我在苏联住过三四年，比你要短一些，但彼此的体会是相同的。"

溥仪忙问："你在苏联干什么？是经商还是旅居？"

"都不是，我是被中共中央送去学习的。"

"原来你是中共的老干部。我有缘和你相识，很荣幸。"

就这样，两人的谈话，进入了正题。

仅就溥仪所谈的内容，可归纳为如下五个方面：听天由命，妄比苏武，贪生怕死，转嫁祸水，推脱罪责。

陆曦见溥仪的傲气已有所收敛，并已处在坦然自如的精神状态，便进一步问："刚才你说，苏联对你们招待得还不错，你能说说你们在苏联是怎样度过这五年的？这个题目可能太大，你不妨想到什么说什么，也不必成套、成章地讲，能说多少，就说多少，也不必有什么顾虑。我们聊聊天，我只是想听听而已。"

溥仪很情愿地接着话题谈了起来，他说："我也没有预先准备，只能想到什么说什么。苏联社会主义国家和中国是友好邻邦，我也知道这两个国家都是在共产党领导下的国家。说实在话，我对社会主义国家，不论是在道理上，还是在实际上，都没有很好地研究，也不了解，因而谈不出什么比较全面的评论意见。但在苏联五年的所见所闻，我对苏联没有反感。特别值得称道的是，苏联方面对我的态度和安排，是很不错的。这一点是出乎我的意料的。

"尽管我们被安排住在一个小城市里，没有去外地的自由，但我们的生活还是很轻松、很舒适的。每天三餐外，我们自己还要组织各种锻炼、文体活动以及政治学习。

"我坦率地告诉你，这些集体活动，我都不愿意参加。我也不和其他人在一起学习。然而，我在自己的房间里也学习，学习的内容和其他人一样，是'联共党史'。

"在理论学习中，我学习得很不好，有时候学不进去。譬如，在学习中，碰到革命与反革命的问题，我就很抵触，很不理解。说我是革命对象，可我不反对革命啊！我知道，俄罗斯沙皇及其皇室在苏共领导的国家中，是难以容身的。这件事我一联想到自己，就预见到自己的必然下场。对此，自己很受刺激、很悲观……

"这也是一个很现实的问题。当然，一个人对自己的未来，能有个明确的了解和预见，也不是件坏事。我已认识到时代在变化，这是一个历史发展的规律。沙皇式的不幸，对我来说，逃也逃不过，躲也躲不过，只能听天由命。

"我在苏联，由于生活得还不错，也没发现有任何对我敌视的地方，他们上下对我还比较礼貌。于是，我曾产生过一个念头，认为斯大林的具体政策，有许多可贵之处。我曾给斯大林写过一封信……"

溥仪说到这里，表情显得十分尴尬，有些走神，有些说不下去了。这是为什么？在那一刹那，我也弄不清。

陆曦不愿把谈话内容引入死胡同，也不愿把溥仪逼得太紧，他见溥仪有些踌躇，便立即掉转话题，问溥仪："你在苏联五年，想家吧？"

这时，溥仪又兴奋起来，他接着说："给斯大林写信，是我一件不能自圆其说的伤心事。关于国内的情况，我们了解得很少。这是一件我在苏联可望而不可即的勾心事。至于想家一事，谁能不想家？我们这些人在国内都有妻儿老小。我也不是孤家寡人，也有亲人。

"思乡、念亲的情感，人皆有之。当年，苏武在塞北流放时，唱的一首歌很动人，他唱道，'转眼北风吹，群雁汉关飞。

白发娘，望儿归，红妆守空帷。三更同入梦，两地谁梦谁'。"

陆曦十分惊奇地说："你能把这支歌背下来，很了不起。"

"这支歌在孩童时期，皇宫内外，人人会唱。后来，我有些淡忘，但在苏联的'塞外'生活里，对这歌词，深有体会，渐渐又把歌词全文回忆了起来。"

陆曦听后，不想迁就他，便插嘴说："这歌词写得好，但你们和苏武可无法相提并论。首先我要说的是，苏武不是被流放。苏武是在公元前100年，我国天汉元年，被派出使匈奴，他是位忠贞不渝的使臣，到匈奴后被扣。匈奴官方千方百计地策反苏武，要苏武投降匈奴，他不干。匈奴便把他送到贝加尔湖边放牧公羊，并下令称，等公羊产子，才可回国。苏武坚贞不屈，在贝加尔湖区放了19年的羊。后人则称颂他的忠诚、他的贞节。他心存汉社稷，心如铁石坚，任海枯石烂，大节不稍亏。

"其次要说的是，你和苏武是无法相比的。苏武的大节好，而你的大节不好，很不好。这一原则问题，我不想回避，只能直说。"

"陆代表知识渊博，谈起话来，单刀直入。你所提出的见解和批评，我溥仪心悦诚服。"

溥仪虽然表面上接受了陆曦的看法，但他并不舒服，很不自在。因为从来就没有人这样直截了当、不顾情面地揭他的短。

溥仪为了不被人发现他内心深处的想法，在和陆曦谈话稍微停顿之后，又补充了一句，他说："我赞成陆代表的话，我和他们（指车里的'各部大臣'）都不能和苏武相比，但我们思乡、思亲的情感是真的，'三更同入梦，两地谁梦谁'。"

溥仪虽然硬撑着讲了一句为自己辩解的话，但仍觉得像小学生挨了板子似的难为情。

陆曦也不去理会溥仪对谈话的反应，仍接着向他提问："你在中国人民面前是有罪的。你对国内情况了解多少？你对自己的罪行是否也有所认识？"

陆曦的提问，让溥仪感到震惊，也转移了他的窘境。

溥仪定了定神，掉转话题对陆曦说："我在苏联期间，能看到一份《大连日报》和旅顺出版的地方报纸。这两份报纸是我们了解国内情况的唯一渠道。每天，我们住处的这两份中文报纸一到，大家都争先恐后地抢着看，好像争着看家书似的。很可惜，这两份地方报纸的消息很陈旧，也很局限。特别是在1949年以前，我们很难了解到国内的全部真实情况。这也是让我们感到十分着急的事情。

"我愿意坦率地告诉你，一是因为我们着急，想快点了解到家人的情况；二是都想通过新闻报道来观察和推断一下自己的下场，是死还是活。后者是主要的。"

溥仪接着又自言自语地解释说："家人的安危，取决于国内能否太平。只要不打仗，家人都能顺应时局，积德积善，祈求团圆，菩萨也会保佑他们平安无事。唯对我们个人的下场问题，自己就很难说了，总想从报纸上窥测出点什么。

"关于我个人的前景，比较明确，自日本投降，就已定案，死路一条，没有什么要观察和推断的。人嘛，总是要死的，但谁不怕死，谁不想好好地活着。可今天，我的思想已陷入了一条死胡同，不知自己还能有几天的阳寿。

"当年，在天津，我不是不想复辟。可惜，国民党没给我机会。当然，我当时既没有人马，又没有武装。后来为了复辟，当上了日本的傀儡皇帝，从此就把自己陷入了万丈深渊。今天，不管是国民党当家，还是共产党当家，对我来说，都没有好果子吃，也没有退路可走，只有死路一条。"

溥仪见陆曦对他的讲话没有任何表示，以为自己的思路很合乎陆曦的胃口，便自言自语地继续往下说："我是大清王朝康熙之后，复辟是列祖列宗赋予我的使命，是我老母亲的临终遗嘱。但时代已经发生了变化，大势已去，不可挽回。新的时代，不可抗拒。因此，我对复辟的认识，也有了变化。也就是说，我认识到不是非要复辟不可，只期望苍天能给我一个出头的机会，以告慰列祖列宗。而今天，我的这一期望，已被中华人民共和国成立这一事实，弄得完全破灭了，不仅如此，连我的命也保不住了。

"前年，我在旅顺地方报纸上看到，东北各地农村都在进行土地改革。在土改中，贫雇农组织起来，成立农会。这些农会不仅分了地主、富农、土豪劣绅的全部土地，分了他们的全部家产、房产及其全部金银细软，还召开贫雇农大会，把他们拉出去批斗，并把他们打得死去活来。最后，再把他们拖到田里枪毙。甚至地主的家人、子女，也都被株连枪毙。

"我每次看到上述这些报道，都被吓得胆战心惊、睡不着觉。我知道，我是中国最大最大的地主，也是中国最大最大的财主。而且我还当了多年日本侵略者的傀儡皇帝，罪孽深重。老百姓，特别是东北的老百姓对我积怨很深。如果当时我仍在东北，早已被东北老百姓粉身碎骨了。

"现在，我被押送回来了。我知道难逃一死。我的前途是直通南天门，死路一条。等待我的是上刀山、下火海、上绞架或是拉出去枪毙，别无任何生路。请问陆代表，能否给我一点提示，将会怎么处死我？

"如果天下有人能够死里逃生，我也期望能有这个机会。我不想死，我也怕死，但不知死神能不能网开一面！"

听起来，这位末代皇帝把死看得很重。其实，人生自古谁无死。怕死、不想死的人，不等于面临的就是死；而想死、不怕死的，也不等于就一定不死。而溥仪把死看得如此之重，不会是姑妄言之。

溥仪和常人一样，认为好死不如赖活着。于是，他千方百计地想从陆曦的口气里试探他是否还有活的可能，是否真的难逃一死，有无死里逃生的一线希望。

溥仪讲完后，直直地盯着陆曦，希望陆曦能给他一个满意的答复，能给他一颗宽心丸。

陆曦早已摸到了溥仪的心思，并认定溥仪是个怕死鬼。

关于如何处理溥仪一事，陆曦也不知道。因此，溥仪的试探，只会让陆曦清清楚楚地摸到他的思想脉搏。

对溥仪的提问，陆曦虽不能正面回答，但也不能置之不理。

于是陆曦采取了一个迂回的办法，既没说溥仪一定会免于一死，也没说溥仪必死无疑，只是用一些具体事实，讲了东北地区的土改过程和党的土改政策，以稳定他的情绪。

溥仪听了，大为振奋，似乎他已获得了满意的答案，似乎他已得出一个结论，就是求生不是没有希望的。

溥仪当年投降日本，黄袍加身，是铁的事实，罪责难逃。然而，他为了求生，不惜昧着良心，把这一卖国求荣的主要罪责，推到同伙身上，妄图转嫁祸水。

溥仪得知陆曦是周恩来总理派出的代表，便想利用他向中央领导传个话，为自己开脱一下。

于是，溥仪便调整话题说："当年我在天津为民的时候，曾经盘算着复辟大清王朝。但苦于没有人马，又没有时机，所以在一个相当长的时间里，我也曾想放弃复辟。可我又觉得那样无声无息地混下去，很不甘心。在这一个自相矛盾的心理状态下，我听信了投靠日本的郑孝胥的谗言，上了日本人的当，一步步地去了东北，当上了傀儡皇帝。

"当我刚到东北，打算借助日本武力复辟皇位的设想还没有完全成熟的时候，原东北各省的几个省长，已经抢先投靠了日本，并拉开了一个占山为王的架势，在客观上成立了伪满洲国，没我不少，有我不多。这几个原东北各省的省长，不是别人，就是坐在车厢前面的张景惠、熙洽等人。

"我和张景惠等人不同之一，是张景惠联合原东北各省省长、秘书长及原东北军的个别军阀，在我到东北之前，就投靠日本关东军，组成了一个'东北行政委员会'。这个委员会自成一体，下设多种机构。实际上这是一个从上而下的依附于日本关东军的国家实体。

"当我到东北之后，日本关东军头目拿着这个委员会的名单，逼我接受这个组织机构，并声称要成立一个以我为首的伪满洲国。同时，日本人还用种种威胁口气，压我就范。对此，我是接受还是拒绝，仍是一条活路和一条死路的抉择。我怎么办？

"我如果拒绝，就意味着，没有我溥仪，这个东北行政委员会照旧可以维持东北大局。我如果接受，即可当上皇上。在这个大局已就、别无退路的情况下，我才投靠日本，当了伪满洲国皇帝。

"根据以上事实，我要声明，在成立伪满洲国这一罪行中，我是被动的，郑孝胥、张景惠这些人是主动的。他们是走在前面的。

"我和张景惠等人不同之二，是张景惠等人和国民党有着千丝万缕的关系。他们的亲友、部下、朋友在进关之后，都加入了国民党，或者是为国民党奔波。因此，在日本投降之后，在国共之争的年月里，张景惠等人不担心落到国民党手里，却十分担心落到共产党手里。在国共打起来的时候，张景惠等人满怀信心地认为，共产党成不了大气候，国民党不会垮台。因而，他们都给自己设计了一个美好的前景。一旦苏联放他们回国，他们就会立即和国民党取得联系，带上他们的老本，去为国民党效力。而我本人和国民党没有任何瓜葛。

"张景惠虽然年事已高，但野心仍然很大，他把宝押在国民党身上。在苏联期间，张坚持要回国，打算和国民党合作，大干一场。因此，他对被俘虏到苏联不满，也与共产党格格不入。

"我对国民党历来就恨之入骨，是国民党把我撵出紫禁城，是国民党毁了我的一切。我对中共，对朱、对毛虽然不了解，也没有关系，但没有恶意。"

我在旁听溥仪这么一讲，心里有些反感，很看不起溥仪，认为溥仪不仅是个投靠日本、大节可耻的小人，而且在人格上也很低下，没有一点敢作敢当的骨气。这个伪满皇上，在和中共代表第一次谈话中，就把出卖祖宗的大罪，一股脑儿推到别人身上，实在是卑鄙龌龊，而且在话中还充满了一股"政客"的味道。

此时，陆曦皱了一下眉头，略微停了一会儿，然后，他仍从容自如地用讲道理的办法，直截了当地说了溥仪几句。

溥仪在和陆曦的谈话中，有意无意地谈到了他曾一度不想回国的问题。

溥仪说："我在苏联期间，也曾冷静地回顾了自己的一些往事。有些事，我还没有觉察到，但有些事确也使我不寒而栗。多少年来，我被日本利用，我对不起东北的老百姓。想到这些，我实在无颜再见江东父老。在年前，我曾下决心，不再回国，于是，我曾向苏联政府提出，要求留在苏联。

"苏联是共产党领导的社会主义国家，并不是我十分向往的地方。但人都已被俘虏去，并得到苏方的款待。于是，我也就逐渐地改变了过去对苏联的偏见，从而产生了留在苏联的念头。

"只要苏联能收留我，哪怕是暂时的，我也会有个摆脱受审、挨骂的后半生。我随身带出去的金银珠宝，足够我个人的生活开销。如果苏联接受我，我也会给他们一定的好处。

"我想的就是这么简单。我还认为，我的这个表示，至少是表达了我个人对苏联的信任，苏联没有理由不理我，没有理由拒绝我。

"为此，我给斯大林写过一封信，提出了我的要求，并表示，倘蒙接受，不论把我送到何地都可以，只要有个地方住就行。当然，我也没有说明要在苏联住多久。但这封信发出之后，不知道斯大林看到了没有，也不知苏联对我有什么看法，直到昨天我离开苏联时，也没有得到答复。

"话又说回来了，我自己也有些自不量力。如今，我是苏联的俘虏，是人家的阶下囚，有什么资格给斯大林写信？人家是国家元首，不复信，也是不难理解的。可我怎么也想不通，帮我转信的管理所所长，为什么也不给我一个说法。

"我愿坦率地告诉陆先生，我在他们这些军官身上，也花了不少钱。同时，我还无条件地向苏联捐献了大批珠宝。对我所表示的这片诚意，他们为什么如此无动于衷呢？

"当然，我捐的珠宝，并不是完全出于自愿，是应对方要求捐献的。既然是为了造福一方，我也没多考虑什么回报的事，但我觉得这样慷慨的贡献，也不应该像打水漂一样，一去不复返了。

"今天，找依然被送回国。由于上述种种，要我面对江东父老，深感惭愧。"

溥仪说无颜再见江东父老是假，逃罪是真。对此，陆曦不便一针见血地指出来，免得刺激他，只能婉转地对溥仪说："你想留在苏联，显然是为了躲避国内人民的谴责。如果你真的留在苏联不回来，江东父老会对你这种忘掉老祖宗的变节行为，更加谴责。如果你真的留在苏联不回来，你还要把自己比作苏武，就更是一个大笑话。苏武他威武不屈，坚持贞节，而你却是苟且偷安，设法变节！"

溥仪听后，无法辩白。然而，他那张白里透黄的脸，突然变得很不自然、很难看。原本溥仪就看不起这个小小的外事局长，但陆说出话来，让他有些苦涩难咽，却又无可挑剔。一种无奈和自尊使溥仪这位"皇上"有些难为情，有些尴尬。

正在这时，火车停了。

溥仪定了定神，问陆曦："现在到什么地方了？"

"到牡丹江了，我们先休息一下吧！"陆曦说着，便回到了自己的座位上。

我小声对陆曦说："我听他这么一讲，初步印象是，这'皇上'还真复杂。"

陆曦叹了一口气说："距离太远了。我只能粗粗地向他介绍一些情况，爱听不听，也不知他听明白了没有。算了吧。不过，我们也了解到一些情况，也没有白谈。我们的任务是，把这些人安安全全、顺顺当当地送到沈阳，其他的事，我们也管不了那么多。"

"皇帝"舍不得吃花生米

火车离开了牡丹江，伴随着铁轨有节奏的震动声，由缓而急，飞奔向前，直往哈尔滨。

众多伪大臣和伪将领已经不像在绥芬河时那样紧张和恐惧了。车厢里出现了一种活跃气氛，每个人的情绪都有好转，都享受着旅行回家的愉快和幸福。这种气氛可能是小王在车厢里来回走动、不停地折腾，和大家有说有笑，以及医生不辞劳苦，到每个座位上去问长问短的结果；也有可能，他们已经感觉到自己面临的未来，并不像原来猜想的那么可怕。

火车刚开动不久，有人在说说笑笑，有人干脆放松地打起瞌睡，品尝着美梦的甜蜜，也有人在找机会和小王搭讪，打探点家乡的消息。

小王已经成为车厢里最受欢迎的人，他不仅要照顾车厢里的所有"文武百官"，还要把服务的主要目标放在溥仪身上。

火车刚刚离开牡丹江，小王从车厢前头直接向溥仪座位走来，似乎有要紧的事要办。我坐在溥仪的斜对面，见此情景，觉得奇怪。只见小王在溥仪面前打开了一个小纸包，然后对溥仪说："在牡丹江车站，我用自己的生活费买了两角钱的花生米，真香，你尝尝！"

溥仪龙颜大悦，笑嘻嘻迫不及待地抓起一粒花生米，皮也没剥就放在嘴里，嚼了又嚼，点着头说："真香，已经有五六年没吃到这样香脆的五香花生米了。"

"不错，是五香花生米，又香，又脆，又解馋。"小王一面说，一面拿了一粒花生米放在嘴里。

看得出，小王花钱买这点花生米，确实是为自己解馋的。

那几年，各个部门都是供给制，不发工资。东北的各机关食堂里，一年到头吃的是玉米碴子、高粱米和咸菜，一点油水也没有，弄得年轻人没有不馋的。

小王发现，已有五年没见过花生米的溥仪，对这包花生米很感兴趣，看到这个年近半百的"皇帝"竟把一粒花生米分成两口吃，他的同情心和怜悯之心油然而生。小王面对此情此景，没有犹豫，慷慨地把这包花生米送给了溥仪。小王还对溥仪说："看得出，你也喜欢吃花生米，如果我早知道，我会在牡丹江多买一点。好在我常吃这玩意儿，就把这包花生米都送给你慢慢吃吧，免得路上没事儿干。等下一个大站，如果我还能碰到卖花生米的，我再给你多买点。"

溥仪双手接过这小包花生米，感动得说不出话来。过了一会儿，他双眼盯着小王说："太好了！太好了！谢谢王先生！我可没有两角钱还你，可我怎能白吃你的东西呢?！"

"我送你吃的，还要什么钱。"

溥仪捧着花生米，自言自语般感慨地说："小小的花生米代表了王先生一片真情。它虽不是山珍海味，今天捧在我手里，比山珍海味还要珍贵。感谢王先生。我说句心里话，这包花生米，对我说来，是无价之宝。"

小王不爱听溥仪这些奉承话，他觉得有些受不了，这两角钱的东西，不值得如此神吹。小王站起来，说了声"别客气"，就离开了溥仪，向车厢前头走去。

溥仪在小王走后，并没有立刻吃花生米，而是把花生米放在桌子上，一动不动。他似乎在祷告什么，也或许在想什么。

溥仪这种让人难解的呆呆的模样，是在想什么？是怀疑花生米里有毒？还是舍不得吃？

在溥仪眼里，恐怕没有什么东西舍不得用。他挥金如土，奢侈无度，这几粒花生米算得了什么。那么，他呆呆地盯着花生米，到底是为了什么？我坐在溥仪的斜对面，仔细观察了许久，百思不得其解，琢磨不透。我倒很想看个究竟！

正当我满腹疑惑的时候，只见溥仪突然站起身来，双手托着这包花生米，小心翼翼地向车厢的前头走去。

那些伪大臣和侍从都诚惶诚恐地用惊奇的眼光看着"皇上"，不知发生了什么事，再看看"皇上"手中的小纸包，谁也不敢贸然发问。

溥仪走到车厢前头，轻轻地转过身来，大声对各位"大臣"说："我手里拿的是牡丹江出产的、刚经热锅炒出的五香花生米，很香很香，是王先生送我的。我们已有五年没吃到这好东西了，我分给你们都尝尝。"他说着，便开始每人一粒分起花生米来。

这两角钱的花生米够分吗？我看，不管他怎么分，这点花生米不可能每个人都能吃得上。但溥仪此举，却把全车厢这帮老气横秋的人都给弄活了。那些已经打瞌睡的，不瞌睡了；那些东拉西扯聊天的，也停下了嘴。一双双惊奇的眼睛盯着这位情绪突然好转的"皇上"，也盯上了他手里那小包花生米。

车厢里许多人都在琢磨，今天"皇上"怎么啦？和在苏联的溥仪不一样啦！简直判若两人。

在苏联期间，溥仪与众不同，仍然保持着当皇上的特殊派头。他不随便和"大臣"搭讪讲话，如果有人要和溥仪谈什么事，仍然要通过溥仪的侍从传话；他的住房与众不同，明亮宽敞，一日三餐都由侍从给他送到卧室里；苏方组织的集体活动，溥仪一概拒绝参加，谁也不便勉强他，甚至一些政治学习、集体讨论，他都一律不参加；各"大臣"虽然早已改变了见到皇上三拜九叩的习惯，但碰上溥仪时，仍不时地叫声"圣上"，以免"龙颜"不悦。而溥仪还就特别注意这些细节，爱听别人继续称他"皇上"，甚至他还不时地采取各种方式试探各"大臣"对他是否仍然忠诚和尊敬。

溥仪在火车上的变化，使他的随从大为吃惊。有的人觉得溥仪这样下来走走，有利于上下沟通，是个好兆头，便对溥仪笑脸相迎，以示敬意。有的人虽然也欣赏溥仪的这种态度，却十分纳闷，不知"皇上"今天是中了什么邪。这位最不愿意回国的溥仪，今天刚刚迈入国门，就开始脱胎换骨啦？难道这一小包花生米就把他弄得神魂颠倒？溥仪的举动，不可思议。他毕竟是中国的末代皇帝，还有多年傀儡皇帝的经历，大风大浪都闯了过来，怎么会被一小包花生米收买了呢？他一贯把共产党视为毒蛇猛兽，把共产党看成是"残酷"和"凶恶"字眼的化身，而今天在中共火车上仅仅几个小时，就被赤化了？也有的人对溥仪的行为不以为然。不管这些"大臣""将领"此时此刻怎么看溥仪，但对"皇上"送来的花生米，都表示了极大的兴趣。

早年，皇上赐给大臣什么东西，受赐的大臣都会受宠若惊，诚惶诚恐地跪在地上，头也不抬，双手捧起皇上的恩赐。而今，傀儡皇帝已经垮台，溥仪和"大臣"们的关系也发生了变化，同是被押在国外的阶下囚，早已没有皇上和奴才之分。因此，再让这些"大臣"跪拜、接受恩赐，已经是不可能了。但有几个张作霖时代的老人，他们虽然也不再把溥仪视为皇上，但鉴于溥仪毕竟还是爱新觉罗的后代，是真龙天子的后代，没有龙威，还有龙体，仍不愿对溥仪过于怠慢。面对站在座位前手捧花生米的"皇上"，他们虽不肯跪拜受赐，但是也恭恭敬敬地站了起来，头也不抬，举起捧着的双手，接受"皇上"赐的花生米。

有的"大臣"坐在自己的座位上，腰板挺得很直，低着头，双手捧上，接受赏赐。

溥仪就这样一一地分下去，也不知他是怎么分的，几十个随行人员都尝到了花生米的味道。

分到最后，有一位年轻"军官"见溥仪刚走过来，就迫不及待地把一只手伸了出去。

溥仪见此人没有表现出对花生米的重视，也没有表现出对

"皇上"的尊敬，便看了看手中剩下的花生米，有气无力地说了声："不多了！"

这位伪军官立即明白，由于自己没有毕恭毕敬地接受恩赐，已引起"龙颜不悦"。其实，早年皇宫里的礼仪早已废除。特别是在日本投降之后，那些皇宫里的规矩早已不复存在了，这也是溥仪早已认可的事。今天出现的这个场面，显然是溥仪有点故态复萌。这位机灵的"军官"见此尴尬处境，立即站了起来，向溥仪行了个军礼，说："不必分了，剩下不多了，留着自己吃吧。当心站好！"说着还用手扶了一下溥仪。

溥仪把一小包花生米分给各"大臣"吃，比给他们发俸禄、发红包还受欢迎，还给众人留下一个"皇上"关心臣民的好印象。

当溥仪听到"大臣"们说"真香，真香"的时候，他很高兴，似乎办了一件十分得意、十分成功的事情，一件连中共代表也会吃惊的事情。

这时，我对陆曦说了一句："'皇上'进步了，说不定，他的这一举动，是做给你看的。"

溥仪把剩下的几粒花生米又放在桌子上，看了又看，舍不得吃。隔了很长一段时间，他有点挺不住了，便拿起了半粒放在嘴里，嚼了又嚼。

小王看到溥仪这一举动，很高兴，也很惊奇。高兴的是，一小包花生米竟能起这么大的作用；惊奇的是，溥仪这个一贯独断专行的"皇上"，怎么会有联系群众的作风，真是怪事！小王跑过来，对我说："在小说里看到的皇上，都是让人望而生畏的天子。他们都靠各大臣、各方诸侯的上供、奉献，靠搜刮民财，维持他们的统治和奢侈生活，可从没看到哪个皇上把自己仅有的一碗饭让给下人吃的故事。这件事，可称为今古奇观，是一件百年不遇的怪事。"

在溥仪回到自己的座位后，好奇的小王又凑到溥仪对面的座位上，想跟他聊聊。

小王发现，溥仪仍在对着这几颗剩下的花生米发呆，便问："这么一点花生米，你又舍不得吃，为什么还那么慷慨地分给他们吃呢？"

"真正慷慨的是你，我只不过是借花献佛罢了。说实在的，分而食之，让他们都尝尝，大家高兴，我也舒服。这是一种不同的感受，也是过去难以体会到的感受。"溥仪很得意地接着说，"遗憾的是，我的几个侄子还没吃到。"

小王听了，也没听出所以然，而我和陆曦在一旁听得比较明白。我俩不约而同地认为：溥仪这人，年纪不大，头脑清醒，思想还不算太僵化、糊涂。对他究竟应该怎么看，还得继续观察。

小王接着问溥仪："那边几个年纪大的，都是伪满洲国大臣吗？""是。"

"我看有的人对你很尊敬，是不是有些像在金銮殿里见到皇上那样诚惶诚恐、毕恭毕敬？"

"他们在苏联期间可不是这样。五年啦！他们都不大理我。

今天他们的这些举止，我也有些犯琢磨。"

"你为什么自己不吃，还留下这几粒花生米干什么？"

溥仪对小王的提问，若有所思地回答："我是真舍不得吃这几粒花生米。吃了就没有了，也不知道以后还有没有机会再吃了。"说完，溥仪双眼直勾勾地盯着小王，很希望听听小王的回答。小王则脱口而出说："机会有，牡丹江是个小城市，等到了辽宁一带，这东西不难买。这几粒花生米别留了，快吃吧！皮了就不好吃了！"

溥仪自言自语地说："这几颗又脆又香的花生米，如果能有奉天的麒麟牌啤酒就着吃，就美了。你想想看，（溥仪一面说，一面用手比画）左手拿着一大杯麒麟啤酒，右手抓着几颗花生米，一颗一颗地往嘴里放。这有多么美妙、多么好啊！这是人生的一大乐趣，像神仙过的日子。"

接着他问小王："你喝过麒麟牌啤酒吗？"

"我没有喝过酒，更没喝过啤酒，还不知道啤酒是个什么味儿呢。"

接着小王又补充说："咱们经过的几个大的火车站，都不会有啤酒卖。就是有卖的，我也不知我口袋里的钱，够不够买一瓶啤酒的。这样吧，将来有机会，我再请你喝啤酒、吃花生米，怎么样？"

这时，溥仪瞪起眼睛问小王："我还能有这个机会吗？"

"这个嘛，我还说不好。"

溥仪听到小王的回答，有些紧张，赶紧又追问小王："'说不好'的意思，就是我再也没有机会享受人生乐趣了，是不是？"

"不是，不是，你别紧张，我这话和你没有关系。我是在说自己。我这次来绥芬河出差，是在陆代表领导下，执行接收你们的任务的。任务完成了，我就会被调走干别的事……还不知咱们何年、何月才能再见面呢。我相信机会是有的，只是不知在何时。真的是有些说不好。"

这时，溥仪才恍然大悟，原来小王说的"说不好"是说他自己。溥仪定了定神，热情地对小王说："太感谢了！如果我能有这个机会，我一定请你喝啤酒。我要想法报答你对我的关照，回报你在火车上请我吃花生米。"

接着，溥仪也不管小王有什么反应，也不管小王爱听不爱听，便自言自语地唠叨起来。他在讲这番话之前，还叹了一口气，似乎他要说点感慨的话，他说：

"当年，我是大清王朝王位的继承人。当这个继承人，不存在当和不当的问题，不能不当，非当不可。当了继承人，就意味着要统治全国。而我并不十分愿意当这样的继承人，要当，我也只想当个不管事的继承人。这样，我就可以不承担大的风险。要知道，这件事弄好了，可以万古流芳；弄不好，也只能是遗臭万年。我不懂统治江山，我只知道不害人，不伤人，做善事，修成好人；我不懂如何去体察民生疾苦和管理好江山社稷，我只知道养尊处优、游山玩水；我也不认真招贤纳士、治国安民，只知道下面有人为我做事就行，管他是草包，还是地痞。我不懂的事情很多，我只知，我是真龙天子，文武百官都得听我的，其他的事我一概不闻不问。我常常问自己，像我这样一个皇子，能当好王位继承人吗？

"我第三次复位，却当上了个伪满洲国皇帝。当然，我自己也是很想当皇上，只有这样，才能不负列祖列宗交代的使命。结果呢？使命没办好，事情办糟了，上了日本人的当。实在有愧于列祖列宗。"

小王一听，就有点烦，觉得时至今日，溥仪脑子里还惦着继承王位的事。打倒封建王朝是中国人民几十年前就已经很明白的事了，而溥仪至今仍然在做梦，停留在几十年前的状态。

小王面对这个满脑子糨糊的"皇上"，感到有些难办。对这些错误观点，小王不表态吧，有些丧失立场，表态吧，又无从着手。怎么办？小王正要说点什么，只听溥仪又接着说了下去，他说："经过几十年的风云起伏，我现在有一个想法。"

"想什么？"

"很想当一个普通人。"

"怎么讲？"

"当一个普通人该多好啊！每天闲来无事，我可以到酒馆里一坐，要上二两白干儿，再要上一碟花生米或者是一碟萝卜条，一面吃，一面品。这会是多么大的享受啊！"

小王一听，便知溥仪说的都是牢骚话，有深有浅，错的多，对的少。小王想溜，于是他突然对溥仪说："我还有件事要办，你等着。不！你还是跟他们（指我和陆曦）谈吧！"

溥仪和小王谈的这些事，原本他想和陆曦谈，但他觉得跟中共代表谈话太正式、太费劲，又怕不知深浅把话说错。况且在溥仪眼里，他并没把代表、局长看得很重，还认为陆曦的话风太尖刻，太刺激人，有些让人受不了。因此，当看到小王走过来的时候，他就想抓住机会，跟小王谈几句。正当溥仪谈得起劲的时候，小王又借口走了。他挺扫兴。

溥仪怕死

溥仪对小王的不礼貌有些不理解，他便顺着小王的手势转过身来，对我说了一句："他真忙，我正要和他谈点我想要说的话，可他又走了。"

我也只好很同情地对溥仪说："不要紧，小王忙过之后，一定还会回来听你聊天的。说不定，他又准备给你买花生米去了呢。"我这一句话，却把溥仪逗笑了。然后，溥仪对着我说："是啊！我希望聊天，聊天可以解除心里的一些烦闷。"

"是的，聊天还能解除旅途的疲劳，让时间过得快些。"我这句话，似乎引起了溥仪的兴趣。接着，溥仪盯着我说："你说得很对，聊聊天很好，很好。不过，我有几个问题，想问问你，可以吗？"

我这一搭腔，仅仅说了一句应付的话，却给自己找来了麻烦。如果是单纯和溥仪聊聊天，天南海北地跟他侃一阵，也无所谓，可他偏偏喜欢滔滔不绝地谈自己的思想，还要让我回答他的问题。这样一来，我就有些发毛。

这时候，我全身的神经细胞紧张起来，好像一个没准备好的考生，心里没有底，不知道溥仪会提出什么问题，也不知道该我回答，还是不该我回答，会不会被问得回答不上来，卡了壳，出洋相。当年，在学校里应付考试，并没有什么可紧张的，而今天面对的是一个风云人物、当了汉奸的末代皇帝，他脑子里在想什么，想问什么，他是真的有不明之处，想问个明白，还是明知故问，想刁难人，我一概不知。万一回答错了，自己丢面子还是小事，给被押送的这些人造成难以预料的影响，就无法弥补了。为此，我心里还是犯嘀咕。

其实，我也没有必要有这么多顾虑。回答溥仪的提问，又不是回答外国记者；出差前，我们已经研究好对溥仪的表态口径，大不了我就照本宣科，不会出现任何纰漏；陆曦就在身旁，我回答不了，可以请陆曦回答。无论如何，在被押送的伪皇帝面前，我也不能怯场啊！

于是，我稳稳神，对溥仪说："你有什么问题就问吧！我能回答的，我就答，答不了的，就由我们陆局长回答你。你看好吗？请你问吧。"

"有个小问题不了解。请问，你们这车厢的窗户，为什么糊上了报纸？而且又没全糊死，窗下面还留了一条小缝。不知这样糊窗户，是为了什么。如果是为了防空，为什么不糊纸条，既防震，又不影响光线？如果是为了不准坐车人向外看，那么为什么窗下边还留了一条小缝？"

"你提的这个问题，想得很细。我也只好尽量详细地告诉你。

　　"窗子糊起来，是为了'防外'；而对乘车人，亦防亦不防。

　　"所谓'防外'。我们这列火车，不是准点列车，乘车的人，有日本侵华的重大战犯，又有你们这些伪满洲国的'皇帝'和'内阁大臣'。如果那些对你们恨之入骨的东北老百姓得知你们乘坐这列火车，他们一定会千方百计地来劫车，或者闯上车来，和你们拼命，和你们算账。如果这些深受劫难的东北老百姓，从窗外看到这列车里坐的是你们，他们同样会联络各站，找你们算账。

　　"当然，老百姓组织起来和你们算账，借以发泄一下多年的积怨，我们也是理解的，不会限制的，但我们不赞成发生这样过激的事件。因此，这列火车沿途各站的工作人员，包括负责人只知道火车是从绥芬河开出，但谁都不知道车内乘客是些什么人。我们的保密工作已经做到了万无一失。

　　"我们考虑到这列火车要经过东北大地，要经过许多大大小小的火车站。为了避免发生意外，也是为了你们的安全，我们不得不把窗户糊起来。这样一来，不管火车开到什么地方，甚至是临时停车，我们都不必担心会出现意外。

　　"窗户糊起来，还有一个对外的需要，就是防止小商小贩前来干扰。

　　"全国刚刚解放，沿途各火车站上的秩序和旧的传统习惯没有任何改变。譬如，客车一进站，就有很多小商小贩跑到车窗下叫卖，有鸡蛋、烧鸡、烧饼、菜包子等地方小吃，应有尽有。

而旅客一听窗外有人叫卖，坐在位置上，仅把窗户打开，就可以和小贩一手交钱，一手交货。这种买卖方式，双方都满意，直到火车开动为止。然而，我们这列火车不能如此开放。为了避免小贩赶来叫卖，我们把窗糊起来。这样就意味着窗子不能开，无法通过窗子进行买卖，那些小贩也就不会跑过来，自讨没趣。况且，我们这些旅客身无分文，也没有必要只看不买，招惹麻烦。从这一点上说，我相信，你们也会支持我们把窗户糊起来的。

"所谓'对内亦防亦不防'，是什么意思呢？这些日子，朝鲜半岛在打仗，严重地影响了我国的边境安全。为了防患于未然，我人民解放军要在边境进行大规模的军事调动，在各铁路沿线进行军事物资的运输。有关这方面的具体情况，我也不知道，你们也没有必要知道。为此，我们把客车窗户全糊起来，眼不见为净，也可免去一些不必要的猜疑。这就是对内防的用心。但又不是绝对不准往外看。如果你们想往外看，就把头一低，从小缝里往外看，车外的情况，都可以一目了然。这就是为什么说糊窗户是对内亦防亦不防。

"这些话只是对你解释的，不知你听明白了没有？"

"明白了，很清楚了，很清楚了。"溥仪说。

"明白了就好。不过，我还是要说一句题外话……"我总觉得溥仪对自己还没有一个正确认识，并没有把自己看成是个有罪之人。有的"大臣"吓得不敢吭声，而他却一再想问一些挑刺性的问题。我想借此机会批评他一句。我接着说："我是个工作人员，说话也不一定算数。你爱听就听，不爱听就不听。

"我认为，你当过大清王朝的最后一代皇帝，又当了几年日本鬼子的傀儡皇帝。我不知道你好事干了些什么，而坏事你却干了不少。你高高在上、作威作福已有几十年的历史，是应该考虑考虑如何面对新中国人民的问题了。你的一些想法和国内人民的想法很不合拍，而且相距甚远。问题已经十分严峻了。现在，你不抓紧时间，多思考这方面的问题，检讨一下自己，却在脑子里琢磨这个窗户，似乎这车厢的安排，有些委屈你了。我这话可能重了一些，只是提醒你考虑考虑而已。"

"不重，不重，我不在意。你说得不错，我服。"

接着，溥仪又问：

"我还想提一个问题，我们这列火车的目的地是什么地方？是刑场，还是天牢？"

我对溥仪的这个问题很不满意，觉得怪怪的。他说是送他去刑场或天牢，简直是屁话。人人皆知，送死刑犯到刑场，也不是外交部门该干的事啊！溥仪是真糊涂，还是装糊涂？也许是想套我说点什么。

我也就不客气地对溥仪说："你是明知故问！是不是送你去刑场这个问题，已经答复你了，怎么还问？接收你们从苏联回国的是新中国外交部的代表；接送你们的是一个客车车厢，没有武装押送；陆代表也向你说明了政府的政策和对你的态度。这些事实和这些话，你该看得清听得明白了吧！

"我们的小王和列车员在你一上火车，就向你表示了欢迎；

而且我们又以高标准的伙食招待你，我们还请了有经验的医师，一路上照顾你们，还派了一位模范列车员到本车厢为你们服务。这些事实是说明要送你去刑场、去天牢吗？

"大清王朝的天牢犯人，最起码也要五花大绑吧！这样的鲜明对比，你当'皇上'的还看不出来吗？

"我可以明确地告诉你，本列车既不是去监狱，也不是去天牢，而是开往沈阳。到沈阳之后，有人会安排你们的住处。我们接你们回国的任务，就算完成了。"

溥仪听后立即说："你们说的话和我所看到的事实，我都听得明白，看得清楚。我就是很想听到你们给我一个直截了当的答复。

"请问，我这个人是不是必死无疑？希望你对我多说说，我很想多听听。"

看来，溥仪对"死"的问题，想得很多，他和陆曦已谈了不少"死"的问题，还没谈够。在我很生硬地说了他两句之后，他又提出了关于"死"的问题，要我表态。

我只好再补充几句，我说："你从上车开始，就一直围绕着一个'死'字，提出了很多问题。可见，你在死的问题上，想了很多，想了很久。我也不知你是怎么想的，是不是怕死？"

我这样反问，出自藐视和无奈，也只能如此开门见山。这对"皇上"来说，如遭晴天霹雳，有些受不了。

在旧社会，谁敢当面反问皇上这类问题。这是欺君，是诅咒君主，必然招致杀身大祸。而今，溥仪一听，他那张发黄的脸，立即拉得很长，甚至有些发青，眼睛瞪得圆圆的，一声不吭。他这是在发怒，还是满不在乎？我也弄不清楚。

既然他不理睬我的反问，我就接着说，管他爱听不爱听。我说："怕死？谁也弄不清你为什么怕死。当你跨进祖国国门之后，没有人慢待你，也没有人说要你死。你为什么会担心被杀呢？假如我们想杀你，很简单，只要把你留在苏联，你就会和沙皇一样死于非命，何必还要通过外交途径，把你接回来呢？

"你应该认识到，如果没有中华人民共和国的成立，你就算真的不想死，还没那么容易呢。今天，万万没想到，你一踏入国门，对眼前出现的事实不往心里去，反而没完没了地絮叨着一个'死'字，实在有些让人琢磨不透。

"谁也没逼你，没惹你。你既然没看到任何要你死的迹象，为什么要纠缠这个'死'字不放呢？"

逆耳之言，对溥仪这种人来说，是不会没有触动的，但他也不会轻易接受。

溥仪听后，坐在那里一动不动，旁若无人，不吭一声。

隔了一会儿，溥仪突然掉过头来问陆曦："你所说的话是真的吗？"他似乎想让陆曦确认一下，他还死不了。

陆曦被问愣了，他不知溥仪问的是哪句话，也不知溥仪对哪句话有怀疑。由于溥仪把自己包得紧紧的，一直不肯暴露自己的思想，陆曦也不想再问，于是便脱口而出说："我们不说假话。我们说的话，都是认真负责的，不是随便说说的。"

溥仪听后，眉开眼笑地说："我愿意和你多说说话，我想多听听。"陆曦表示说："好！晚饭后，我们再谈。"

溥仪虽表示了还要找陆曦再谈的愿望，但晚饭之后，他却踏踏实实地盖上毛毯，睡起觉来。

我们和溥仪的谈话，是经过深思熟虑的，然而，溥仪的反应却令人难以揣摩。

对此，我有些恼火。一个卖国皇帝，还那样神秘兮兮的，让人摸不透。

溥仪对我们谈的一些意见，是接受，还是反对，也没表示个态度。究竟他听进去了多少，听懂了多少，谁也弄不清。当时，我就有些看不起这个卖国求荣的皇帝。

我和陆曦认为，溥仪和我们谈话的用心是试探我中央精神，但他却丝毫没有诚意。讲好要在晚饭之后再继续谈，可他却高枕无忧地睡起大觉来了。

于是，我们也没再理他，让他睡吧！

从皇帝到平民

转眼间，火车已经到达沈阳。

那天的沈阳火车站，整洁、寂静，看不到旅客，看不到小商小贩。

我和陆曦准备下车。小王在车厢里大声嘱咐："我们的列车已经到达沈阳，现在都不要离开座位，听候安排！"

我们刚走下火车，迎面走过来东北人民政府交际处和公安部的几位同志。为首的一位负责人一面向陆曦表示对旅途劳累的慰问，一面转达了中央以及林枫同志关于安排这批战俘在沈阳车站暂时休息的指示。这时，石屏等两位公安部的处长也由前面车厢走了过来，一起听听中央有关指示。

这位接站的同志说，指示有三条：

一、拟把溥仪、溥杰与几个年纪大的伪满政府大臣接到交际处，稍事休息，借机向他们宣布一下对他们的学习安排，给他们吃一颗定心丸。

二、其他一些伪满政府官员和日本战犯都在车上待命。公安部门要在车站做好周密安排，做到外松内紧，万无一失。

三、溥仪等人和日本战俘全体将送往抚顺"沈阳军区战俘管理所"。将来条件允许，可把溥仪和日本战俘分开管理。

陆曦听后，立即表示，这样安排很好，我们照办。

溥仪等十几人下车后，在我工作人员的带领下，通过车站左边贵宾室通道走出车站，乘上一辆面包车，去了交际处。

这时，陆曦和我已乘车先到了交际处。

在交际处，陆曦向东北人民政府秘书长栗又文扼要报告了移交战俘的前后经过，陆曦说："在移交战俘过程中，苏方代表比较合作，向我们提供了一些有关战俘的档案材料，清点移交了溥仪的个人财产，最后和我签订了苏中移交战俘的换文。在来沈阳的火车上，日本战俘平安无事。溥仪及伪满洲国各大臣都听从安排。同时，通过和溥仪等人的接触和交谈，我们也摸到了一些他们的思想动向。这些人有一个共同的顾虑，都担心会被处以死刑。这些情况，我们将向领导写一份书面报告。"

栗又文听后很满意，他说："对溥仪等几个人的安排，中央很重视。我们准备送他们去抚顺，在那里组织他们学习，帮助他们进行自我改造，以提高他们的思想觉悟。看来，这些人的疑虑还不小，主要是担心会不会把他们处死。这一点好办。等到了抚顺，生活学习上了轨道，他们那些疑虑就会自动烟消云散了。现在你抓紧时间向抚顺来的人做个交代，能说多少，就说多少，说不完，以后可给他们送个材料。抚顺来人的任务是，接收这批战俘，安全带走。"

当我们走进交际处二楼大会客厅时，溥仪已经坐在沙发上，在自由自在地忙着吃苹果。这也难怪，他在苏联五个年头里就没见过苹果。

陆曦在会客厅里抓紧时间，悄悄地向抚顺来的同志把所知道的情况做了简单的介绍。这就算办完了内部的移交工作。

这时，东北人民政府公安部负责人在会客厅的沙发上对溥仪等人说了几句，他说："中央人民政府对你们这些人还是比较关注的，经过外交途径，把你们由苏联方面接了回来。你们一路上也都很累，等稍微休息之后，我们将送你们去抚顺。在那里，你们可以安下心来学习。今天把你们几个人接到这里来，一方面是为了让你们稍微解除一下旅途的疲劳，另一方面，借此机会，我把对你们的安排告诉你们。希望你们听了之后，也不要再有什么疑虑了。希望你们的神经不要再那样紧张，不用再担心害怕了。等到了抚顺，我们会帮助你们把生活、学习安排好。你们有什么要求也可以提出来。"

溥仪等人对这位中共公安部门领导人的讲话和对他们的安排，都出乎意料。他们原以为到沈阳之后，他们会被立即送进军事法庭或押赴刑场，至少会被戴上手铐，丢进监狱。万万没想到，他们竟被接到原南满铁路株式会社二楼大厅（即交际处），享受了这番非同寻常的招待。

交际处二楼大会客厅改装得富丽堂皇。大门一开，大厅内豁然开朗。迎面的玻璃墙壁，让整个大厅更显明亮而宽敞；一幅一幅落地式黄绒窗帘，衬托出礼堂的宏伟典雅；大厅顶部的吊灯，虽然有些陈旧，但能烘托出会客厅的大方和壮丽；在大厅四周排满了沙发和茶几，装点得会客厅和谐而温馨；茶几上摆满了水果、糕点和东北古瓷牌高级香烟（当时恒大牌香烟两角钱一包，而古瓷牌香烟九角钱一包）。

几位伪满洲国大臣，听了公安部领导人的这番讲话，立即眉头舒展，心花怒放。他们那些毫无根据的猜疑，也随之而去。于是，他们就毫无拘束地动手抓起香烟、拿起水果，急忙吃上一口家乡的水果、糕点，抽上一口家乡的香烟。临走的时候，有的伪满洲国大臣还"顺"走了不少香烟和水果。

溥仪忙着吃苹果的同时，得知要送他们去抚顺学习，深深地松了一口气，但他对中央政府如此慷慨的安排，难以理解。

我们把溥仪等人送上火车，目送这列满载日伪战俘的专车离开沈阳。之后，除溥杰外，我和溥仪等人没有任何接触。

1959 年 9 月 17 日，国庆前夕，中华人民共和国主席刘少奇宣布特赦令。这是溥仪等人被释放的一个大好机会，谁会被特赦？这59人心里都没底，溥仪更甚。他在自述里写道，谁都可以获得特赦，唯独他不能被特赦。如果特赦名单中没有他，他也不会闹情绪。

当溥仪最终接过对他的特赦通知时，他哭成了泪人。

遗憾的是，这些感人的场面，只能在文件上了解一二。

1983年，我被任命为全国人大外事委员会办公室主任，其间，每次在全国人大或全国政协开会时，都会和在全国人大常委会和政协任职的溥仪的胞弟溥杰相遇。我们二人不免交谈一些彼此感兴趣的往事，其中有两个有关溥仪思想进步的故事，我至今难忘。

其一，溥仪离开抚顺之后，被安排在北京植物园工作。在植物园，他既可以做些力所能及的工作，又可以休养，偶尔也可以乘公共汽车到城里转转，到处走走，散散心，多了解一些社会主义新社会的变化。

有一次，溥仪乘公共汽车从城里回到植物园，当他下车后，站台上正好有五六个"旗人"，他们见到溥仪下车，立即双腿跪下，领头的一位头也不抬就大声喊道："万岁爷，万岁万寿无疆！"溥仪面对此景，很不高兴，立刻说："快起来，快起来，什么时候了，还来这个，快快回去做些有用的事！"溥仪一面走一面说，头也不回，急忙进入了植物园职工宿舍大门。①

———————————

① 这段情节植物园高工卢思聪也对我讲过。

其二，有一次，溥仪住在崇内旅馆。他的住处尚属保密，但万没想到，消息不胫而走。

有一天，溥仪正在学习，服务员通知他：外面有两位身穿长袍马褂的老人"求见"。

溥仪纳闷，是什么人？服务员递上来一个用大红纸、以楷体字书写的"请安帖"，帖上还注明了来人在大清王朝的官衔，一位是前翰林院编修陈云浩，一位是前度支部主事孙中亮。溥仪见到这一"恭请圣安"的请安帖，很不高兴，立即对服务员说："就告诉他们我不在！"

这些事实给我留下了印象，正如民间的一句俗语所说："旧社会把人变成了鬼，新社会把鬼变成了人！"

末代皇帝的思想变化，不仅在中国十分感人，十分轰动，在世界各国也被传为佳话。

第二章

朝鲜"立威": 以大气治霸气

1950 年 6 月，朝鲜战争爆发。以美国为首的"联合国军"在仁川登陆，对朝鲜进行武装干涉，并直接北上，严重威胁着我国的安全。

　　毛主席面对这一紧迫的战争形势，果断认为，这场战争，不可避免，必须集中全力，预先做好准备。

　　一、当 1950 年 7 月联合国成立以美国为首的"联合国军"的时候，毛主席当机立断做出反应，立即下令调动几个军到东北，摆在鸭绿江边，以加强东北边防。接着，毛主席又下令立即组成 25 万人的东北边防军，分布在东北地区。这些部署都体现了毛主席的运筹帷幄和远见卓识。

　　二、毛主席下定应战决心，是经过深思熟虑的，他对这场战争的估计是乐观的。毛主席认为，从战略上考虑，"你一定要打，就只好打""你打你的，我打我的""你打原子弹，我打手榴弹，抓住你的弱点跟你打，最后打败你"。①

三、安排在朝有关人员北撤。毛主席通过政务院向东北人民政府高岗和林枫发出紧急指示，要立即着手准备安排朝方重要人员家属和驻朝使团、中国驻朝人员的北撤。

为完成这一北撤任务，东北人民政府还专门成立了一个班子，对北撤工作进行全面部署。其中有一项安排驻朝使团和中国驻朝使馆北撤一事，交由东北外事局提出处理意见。

为安排驻朝使团和中国驻朝使馆北撤，并为他们在东北安排驻地，必须尽快了解该使团的情况和他们是否有此要求。

要了解这一情况，在当时通信设备落后的情况下，难度很大，只能派人连夜赴朝了解情况。经商榷，组织上指派我立即出发前往朝鲜。

战火中初入朝鲜

这次派我去朝鲜了解情况的任务来自中央，要办的事虽然不太大，但依然让我感到担子很重。如何去完成，我感到有点儿茫然。当时的战争局势变化很快。我到哪儿去找驻朝使馆？只能获得使馆信息后再出发。

正当我踌躇的时候，上级领导已获悉驻朝使馆的行踪。

约在 10 月 10 日，中国驻朝使馆遵照朝方的建议，已撤出

---

① 参见《毛泽东文集》第六卷，人民出版社 1999 年 6 月版，第 92 页。

平壤。使馆人员分三路北撤：

一路，由大使倪志亮、参赞柴成文等人带领，携带通信工具，按指定路线，先撤往朝鲜的名城熙川。

二路，由参赞薛宗华等人带领撤往新义州，必要时过鸭绿江到安东（今丹东），然后前往辑安（今集安），再过鸭绿江到朝鲜北部城市满浦。

三路，是中国大使馆的其他人员，由一秘张恒业和武官等带领，暂回北京，其中在驻朝机构工作多年的张瑞杰也一同回国。

关于撤往熙川一路的情况，东北人民政府难以跟踪了解。熙川是否安全，不得而知；是否需要予以物资上的帮助，也不了解。这些也都是国内比较关心的问题。

很快我们获悉，朝鲜战事告急，倪志亮大使一行已离开熙川，北上朝鲜边境城市满浦。

得知使馆人员的去向后，我立即出发，连夜赶往边防城市辑安（对岸是满浦）。

当时，全国刚刚解放，一切有待走上正轨。那时的出差也比较简单，接受任务后转身就去执行，有困难自己去克服。虽说是出国，却没有护照、没有签证，只带上两封介绍信，背上挎包就可上路。至于路上走多久，吃什么，喝什么，出发前根本没考虑过。当时的多个机关实行的是供给制，吃、穿、用都由国家供应，每月只发一点可买牙膏的零用钱。出差也没有出差费。即便口袋里有几个钱也用不上，因为大街上、商店里根本买不到吃的东西。于是，我只能轻装上路。

其实，这类属于个人生活的小事，领导也照顾不到，我自己也不当回事。人是活的，人民当家做主的新中国，饿不着我。

我带的介绍信很管用，上火车的时候，把介绍信给车站负责人一看，二话没说，放行，还很客气。

到达辑安，下火车，又坐了一路马拉的大板车，才到达辑安军区办公的地方。

我也弄不清这军区办公的地方是个什么部门，只见这里戒备森严，三步一岗、五步一哨，似乎不像一般机关。我被领进一间办公室。出面见我的估计是位负责人，他看了我的介绍信，又听了我讲的来意，立即做出了安排。他说："你来，我们已得到通知。目前，朝鲜战局十分严峻，打得十分激烈。美军已打过了'三八线'，并不断地派飞机到边境进行骚扰和侦察，不断地轰炸，以破坏边境，封锁交通。我们这里没有任何防范措施。因此，去朝鲜的过江之路，白天通行十分危险，只能走夜路。等到深夜，选择一个合适的时间，在敌机不会出动的情况下，我们备车送你过江。和你同去朝鲜的还有两位军人。提醒你的是，在过江期间，万一遇到空袭，不必紧张，要立刻疏散，以减少伤亡。到了对岸，朝鲜方面会接应你。中方会事先把你去的情况通告他们。你看好吗？如你同意，我们立即和朝方联系。"

我立即表示："同意，听你安排。"

和我谈话的这位负责人，穿的是普通棉军服，也看不出是什么干部。从他那当机立断、办事利落的气质看，显然是位说话算数的干部。最后，他对我说："我马上与朝方联系，现在让通讯员带你去食堂吃饭。饭后，安排你休息一下，夜里我派人来接你！"我只能说一句："麻烦你了。"

辑安与朝鲜只有一江之隔，没有桥梁。过江要靠小船摆渡，冬天封江之后，靠马拉雪犁过江。

凌晨3点，一位解放军干部把我送到了江边。

眼前一片皑皑白雪，漫无边际，江面沉寂，似在沉睡。

送我的解放军干部把任务向一位赶车的老人做了交代之后，便顺手把我扶上了这辆马拉的雪犁。雪犁上已坐有两位军人，他们是干什么的，我不知道，都不吭声，我也不问。

当我在雪犁上坐稳后，赶雪犁的老人向我嘱咐了几句，他说："这位程同志，现在我们出发了，对岸就是朝鲜边境。这一路程，走起来也不短。当我们快到对岸时，等对方有了信号，就会有人接我们，我们才能上岸。冰上行军，冷，你要用这皮垫子盖上双腿，如果还冷就把旁边的狗皮褥子盖上，千万别冻着！我们在天亮前到达对岸。如有飞机，就都听我的。"我说了声："好！谢谢老同志！"

说着，我们的雪犁车由慢转快，不久，便到达鸭绿江对岸。我们的雪犁车已经停了，等候朝方允许我们上岸的信号。

其实，岸上早已发现我们到达了。不多时，岸上下来一位朝鲜军人，并和与我同车的两位军人接上了头，然后很快就把我们三人接上了岸。

在一个大屋子里，我把证件给一位懂中文的朝鲜军官看了，又谈了我的来意。不多时，一位朝鲜军官走过来，很客气地告诉我，让我稍等一下，他们立即同中国驻朝鲜大使馆联系，并派车送我去中国使馆驻地。

又经过一段路程，我终于被送到中国驻朝鲜使馆的住处。

当我把介绍信交给使馆同志，并讲明来意之后，出面接待我的是中国驻朝鲜大使馆参赞柴成文。

当年的柴成文30岁出头，英俊潇洒，为人爽朗，满腔热忱。他一见到我，立刻说："昨晚就知道你要来，怎么现在才到？"我解释说："过江只能夜行。我在辑安等了一天，误了时间。"

柴成文立即说："没误事，也没误时间。现在是战争时期，我们只是为你的安全担心。"

接着，我讲明来意，是要了解三方面的问题：一是各国驻朝鲜使馆是否还要北撤？如果北撤，东北人民政府将为驻朝使团尽早准备一个合适的住处，预先准备好接待，安排好生活；为此，请中国驻朝使馆提供一个各国使馆的北撤名单、人数。二是中国驻朝使馆人员和使团一样撤往东北，还是回北京？目前我使馆还有什么打算？三是现在中国驻朝使馆的生活情况如何？需要东北人民政府提供什么帮助？这些是东北人民政府最为关心的几件事。

柴成文听后，说：我们也是刚刚来到满浦，还没来得及把这里的情况向国内做详细报告。你来了，正好，请你向东北人民政府报告。

第一，我们使馆感谢东北人民政府的关怀，并派你冒着战火，连夜赶来看我们。

第二，我们离开平壤后，在朝鲜外交部的安排下，几经辗转来到满浦。到满浦后，经与朝鲜外交部和有关官员商讨，使馆已决定暂不北撤，准备和朝鲜人民共患难。因此，我们暂在满浦住下去。

第三，我们与各国驻朝使团已进行过磋商，现在的使团主要有匈牙利等社会主义国家使馆人员，他们和我们一致行动，基本上不再北撤，如果战事逼近，使团有北撤要求，我们将设法与东北人民政府联系。

第四，我们在满浦的生活还没进入正轨。粮食、蔬菜等副食，我们将派人过江到安东或沈阳去采购。这一点也望得到东北人民政府的协助。

最后一点是，有关使馆的动向，一旦需要，除向中央报告外，有些具体事宜，也将会直接与东北人民政府联系。

当时，我又把柴成文的话复述了一遍，柴成文连连点头。

然后我说，我要办的事已经办完了，也没有什么事要做了。我该立即回去，把有关情况报告给领导。

柴成文说："咱们自己的事好办。既然已经解决了问题，现在我们可以去临时食堂吃早饭去，走！"

我一夜没睡，没有食欲，但使馆的早餐吸引力很大。

餐桌上摆了一大盘雪白的馒头，两盘小菜，一碗稀饭。这顿美餐不能不吃，回程的路上能否吃上饭，难以预料。

早饭后，我对柴成文说："我的任务已经完成了，不再给你们添麻烦，请使馆就安排我回国。"柴成文也很爽快，同意我的要求，并表示，现在是战争时期，不便留我，天黑时安排我回国。

就这样，我便按原来的路线，离开了朝鲜的满浦城，回国了。

你出刀，我亮剑

举世皆知，毛主席和周总理都是集军事家、外交家于一身的世界级大师，他们在军事上和外交上的重大贡献，在世界历史上都享有很高的声誉。

毛主席从带领农民起义打天下，一步一步打了"22年的仗"，[1] 直到成为指挥兵团大战的军事统帅。他手下的将领，个个都是经过几十年的战火洗礼、让敌人闻风丧胆的名将。

毛主席还写了不少军事著作，他的军事理论不仅丰富了中国的军事理论宝库，而且在国际上享有很高的声誉。卡斯特罗很骄傲地说："我读过毛泽东的军事著作。"蒙哥马利对毛主席说："我读过你写的军事著作，写得很好。"

周总理既是卓越的外交家，又是具有远见卓识的战略家，他在抗美援朝中发挥了极其重要的指挥作用。正如从朝鲜战场

---

[1] 参见《毛泽东外交文选》，中央文献出版社1994年版，第327页。

上归来的乔冠华所说:"朝鲜一战的方针和策略,当然是党中央、毛主席从全局上决定的,但具体执行、实施的就是周总理(对外工作不仅应有大的轮廓,每一个战术步骤都要经过很好的考虑)。有人说周总理是抗美援朝的总参谋长,这有道理,是这样。那时,每天报告,请示中央,一线指挥就是总理。大的事跟中央商量。有人说包括部队在哪里,哪个山头如何,哪个首长的脾气怎样,周总理都了如指掌。周总理在志愿军中威信高极了!在朝鲜的五大战役中,前线指挥是彭老总,在中央直接负责、具体负责的是周总理。"

是的,在抗美援朝战争中,毛主席和周总理配合默契,沉着应对,一方面对这场战争做出了战略性部署,另一方面,在战术上,包括五个战役的打法,都一一提出了他们个人的意见,倾注了他们的才智。而且在下达指挥命令时,总是不忘注明,请前方根据具体情况酌定,以给前方指挥员在指挥战斗中留有灵活性。

而前方对中央指导性的意见,都认为可行,切合实际,无不心悦诚服。

对战略性的部署,前方也都认为中肯、可行。战争期间,毛主席电告彭德怀:"朝鲜战争能速胜则速胜,不能速胜则缓胜,不要急于求成。"[①] 又如在几个战役后,中央又指示前方:"敌人有可能要求停战,我们认为必须承诺撤出朝鲜,而首先要

---

① 参见《毛泽东传(1949—1976)》(上),中央文献出版社 2003 年版,第 135、146 页。

撤至'三八线'以南，方能谈判停战。"①

结果，未出所料，不久，以美国为首的"联合国军"在战场上扛不住了，要求停战谈判。

中国人民刚刚从抗日战争、解放战争走出来，尚未站稳脚跟，并在百废待兴、经济困难、军队装备极差的情况下，要与装备一流、经济发达的美国一决雌雄，而且逼得美国招架不住，要求停战谈判，这是世界历史的奇迹，是中国人民在党的领导下，不畏强暴，用鲜血和生命拼出来的，也是与指挥员过人的胆识、魄力和远见分不开的。

边打边谈，又谈又打

美国政府在朝鲜战场上损失惨重，正式提出与中方讨论结束战争问题。

中央敏锐地抓住这个机会，明确指出，我们的态度是：准备持久战，争取和谈，结束战争。

毛主席始终认为，要边打边谈，又谈又打，既要重视军事斗争，又要重视外交谈判，关键是要牢牢掌握主动权。

停战谈判是中国的一次重大的外交行动。于是，毛主席亲自点名李克农和乔冠华等人成立一个停战谈判工作小组，去朝鲜协助指导这次谈判工作。

---

① 参见《毛泽东传（1949—1976）》（上），中央文献出版社2003年版，第135、146页。

毛主席在李克农和乔冠华赴朝前，同他们二人进行了长时间的谈话，他把在前方可能出现的问题和对策等，一一做了详细的嘱咐。

乔冠华在回忆这段历史的时候，总是那么津津乐道。

乔冠华说："毛主席的领导风格是高瞻远瞩、深入浅出，令人回味无穷。周总理对毛主席非常尊重，也很能领会主席的思想。在我们赴朝临行前的一天晚上，毛主席还让我办了一件事。主席对我说，'刚请胡乔木写了篇赞成停战谈判的社论，你改一下。今天你别的不干，就把这社论改好，明天一早走'。主席很客气，请我们吃了饭，喝了酒。晚上，我把社论稿改好了，就是《人民日报》7月初的那篇社论《为和平解决朝鲜问题而奋斗》。"

毛主席在李克农、乔冠华出发后，日日夜夜投入全部精力，事无巨细地抓朝鲜停战谈判工作。

毛主席为了统一朝中立场，征得金日成同意，成立了一个由李克农主持、乔冠华参加的朝中代表团小组会议，以便共同研究、协商全部问题。

停战谈判一开始，朝中方面提出以"三八线"为界，作为停火谈判的要点。美方认为以"三八线"为界不行，因为这样没有反映出美国方面的海军优势，要求再向北划。双方分歧很大，谈判难以取得进展。与此同时，美方不断派飞机进行轰炸，妄图以武力相威胁，逼朝中就范。

朝中方面的态度十分明确，既然美方不想谈而想打，就打吧！

美军的几个攻势，都被我们打了回去，美军损失15万人；中朝军队固然也有伤亡，却不断打胜仗，且越打越猛，使"联合国军"胆战心惊。

其实，美国率领的联军有所不知，他们的对手不是等闲之辈，而是稳操军事、外交主动权的毛泽东和周恩来。

谈判进入实质性阶段时，由于美方没有诚意，进行得十分艰苦。

1953年初，美国新上任的总统不甘心输给中国，蓄意破坏停战谈判，下令在朝鲜进行一次军事冒险。

对此，毛主席立即发表谈话，向铤而走险的美国政府发出警告，同时也做了应战部署。

结果，美国的这次新的冒险行动被中朝军队打得落花流水。

于是，美方又不得不重新回到谈判桌上。但在恢复谈判前，美方提议：在停战前，先交换伤病战俘。

是否恢复谈判，已成为当时朝中两国必须考虑、抉择的问题。

对此，乔冠华在前方提出了一个意见，他建议采取驳斥的态度，并以此写了个报告，请示中央。

毛主席看到前方的请示报告，不太同意其中的建议，因而迟迟没批，把该请示报告压了下来。

毛主席从全局观察，认为美方的要求可能是一种试探性做法。朝中方面的对策似有两种：一是驳斥；二是表示可以商谈，在商谈中看情形再决定最后对策。

毛主席考虑清楚后，立即复电给前方，明确指出，不同意乔冠华的建议。复电称："关于建议先行交换可以行走的重伤病俘虏一事，我方准备同意讨论此事。"①

当时，毛主席的确是揣摩透了美国当局的心态，他抓住这次可利用的时机，以高屋建瓴的姿态，推动和谈继续进行。

毛主席在复电中还提醒前方，注意美方对停战谈判态度的变化，采取灵活的斗争策略，同时还提醒前方，不要采取一事一抗的方针，"若无重大事件，望不要向对方送抗议"。②

前方各位，包括乔冠华在内，都心悦诚服地领会了毛主席的思想，他们立即就交换病伤战俘一事向对方做出答复，同意恢复谈判。

经过一番谈判，双方就交换病伤战俘一事达成了协议。

重要的两步棋

新中国成立不久，国际形势和地区形势依然动荡不安。朝鲜停战了，但问题没完全解决，远东地区的战火依然存在，印度支那地区还是炮火连天。为了远东地区的和平与安全，毛主席提出了两个倡议，一是 1953 年 8 月召开大国出席的日内瓦会议，二是 1953 年 12 月倡议各国遵循和平共处五项原则。这两

---

① 参见《毛泽东传（1949—1976）（上）》，中央文献出版社 2003 年版，第 182 页。
② 同上。

个倡议是大国博弈中重要的两步棋。

为此，毛主席给金日成发了一封电报："我方对于政治会议的方针是，继续坚持和平政策，坚持通过谈判协商和平解决朝鲜问题，并进一步争取和平解决远东其他问题，以缓和国际的紧张局势。"[1] 这一提议，立即得到金日成的响应。

中国提出要召开一个多边国际会议，为的是推动国际间的友好合作，虽然曾遭到美国的敌视，但任何国家都不便拒绝。

经过多方努力，1954 年 4 月，由苏联、美国、法国、英国、中国、大韩民国、朝鲜民主主义人民共和国代表出席的日内瓦会议终于召开了。这次国际会议要协商、交锋的议题，是当时国际社会比较关注的两个热点：一是寻求朝鲜问题的和平解决；二是恢复印度支那地区的和平。

会议的召开，是中国和平外交政策的一大成功；同时它也表明新中国国际地位的提高，表明中国为缓和国际紧张局势所起的举足轻重的作用。

就在这一年 12 月，党中央主动和印度、缅甸等国共同倡导"和平共处五项原则"，并通过友好协商，逐步同周边国家解决边界纠纷等历史遗留问题，实现睦邻友好。

以上两步棋，是为了一个目的，即为国内大规模工业化建设和社会主义改造创造一个有利的国际环境和周边环境。[2]

---

① 参见《毛泽东传（1949—1976）》（上），中央文献出版社 2003 年版，第 548 页。

② 参见《毛泽东传（1949—1976）》（上），中央文献出版社 2003 年版，第 547 页。

"握手"也要礼尚往来

美国国务卿杜勒斯下令，在日内瓦会议上，不准美国官员和中国官员握手。与之相反，1950 年，毛主席指示周总理下令，中国外交人员可与美国官方人士握手。两个不同的握手命令反映了美中双边各自的对外态度：一个是表现出大国傲气、不平等待人、敌视中国；一个是从和平愿望出发，愿和任何国家的代表友好相处，以诚相待。

出席这次会议的中国代表团秘书长王炳南曾对我讲过这件事。

在日内瓦会议召开的第一天，英国代表团高官汉弗莱－杜维廉找到中国代表团成员宦乡说，英外长艾登有一个设想，在第二次会议的会前或会后，由艾登外长介绍杜勒斯国务卿同周恩来总理相识，彼此握手致意。如果周恩来总理同意，艾登外长再派人询问杜勒斯国务卿的意见。这是一个正式的外交活动。

宦乡请示周恩来团长后，答复杜维廉：周恩来总理赞赏艾登外长的设想，既然在一起开会，理应相互接触，周恩来总理愿意经过艾登外长介绍，同杜勒斯先生握手致意。第二天，杜维廉却抱歉地对宦乡说：杜勒斯先生表示，不能接受艾登外长的建议。

中国倡议召开了这个大国出席的国际会议，当然愿意和各大国代表相互接触。尽管周恩来总理事先早已知道，杜勒斯已下令不准美国代表团成员和中国人握手，但出于国际会议大局需要，出于和美国沟通的需要，出于外交礼貌的需要，周恩来总理曾表示愿意和杜勒斯接触。而自恃强大、不可一世的美国国务卿杜勒斯，无视中国人民主权国家的存在，拒绝同周恩来总理握手。

然而，和杜勒斯敌视中国的态度不同，早在 1950 年，根据毛主席和周总理的指示，中国已就与美国官方人士握手一事，做出明文规定。

王炳南告诉我一件外交趣事。

1950 年年底的一天，一位中国驻丹麦使馆武官处的军官应邀来到一家军人酒吧俱乐部，准备和几位驻外使馆的朋友在这里共度周末。

中国军官来得早，等人有些无聊，便习惯性地走到吧台旁，坐上高椅，要了一杯饮料。

当中国军官端着水杯若有所思的时候，坐在另一端的美国驻丹麦武官，左手端着酒杯，主动走过来。中国军官认识他，却从没与他对过话。

美国军官走过来，自我介绍说："我是美国武官，今天很高兴和中国军官相遇，你好！"说着，他便伸出了右手，示意要和中国军官握手。

中国军官见此情景，也不搭腔，拿起水杯，起身就走，弄得美国武官十分尴尬。

中国驻丹麦武官处对此事非常重视，如实上报。

王炳南在外交部看到这个报告，他认为这不是小事，便跑到周总理处，做了汇报，谈了看法。

周总理听闻中国军官的做法，很感慨地说："这件事虽说是个别现象，但影响很不好。不管是出于什么考虑，拒绝和美国武官握手是不对的，显得中国人气量太小，不懂礼貌。这件事，外交部要提醒中国驻外人员，引以为戒。毛主席不是常说嘛，左、中、右的朋友，我们都要交。为什么这一精神就贯彻不好呢？"说罢，周总理就向毛主席做了汇报，并提出了看法。

王炳南回外交部后，随即拟发了一条外事规定，发至中国驻外各机构。该规定称：今后我外交人员在公共场合不要这样生硬。第一，我们不主动和美国人握手；第二，如果他们主动来握手，我们要礼尚往来，不要拒绝。

第三章

真诚交友：化被动为主动

为了摆脱外来的威胁和压力，也为了争得一个较为稳定的
和平环境，以利于自身的经济建设，中国主动提出了"和平共
处五项原则"的政治主张，并很快成为国际关系准则。

　　1953 年 12 月 13 日，周恩来总理在会见印度政府代表团时，
就讲到和平共处五项原则。他说："新中国成立后就确立了处理
中印两国关系的原则，那就是互相尊重领土主权、互不侵犯、
互不干涉内政、平等互惠和和平共处的原则。"[①] 这是周总理对毛
主席一贯阐述的对外政策的概括。

原则不能讲讲就算了

　　1949 年 1 月，毛主席在关于外交问题的指示中提出："不允

[①] 摘自周恩来总理同印度政府谈判代表团谈话记录，1953 年 12 月 31 日。参见《毛
　　泽东传（1949—1976）》（上），中央文献出版社 2003 年版，第 569 页。

许任何外国及联合国干涉中国内政。因为中国是独立国家，中国境内之事，应由中国人民及人民的政府自己解决。"①4月，毛主席就建交原则发表谈话，他说："中国人民革命军事委员会和人民政府愿意考虑同各外国建立外交关系，这种关系必须建立在平等、互利、互相尊重主权和领土完整的基础上。首先是不能帮助国民党反动派。"②

同年6月，毛主席在一篇题为《中国人民愿意同世界各国人民友好合作》的文章中提到："任何外国政府，只要它愿意断绝与中国反动派的关系，不再勾结或援助中国反动派，并向人民的中国采取真正的而不是虚伪的友好态度，我们就愿意同它在平等、互利和互相尊重领土主权的原则的基础之上，谈判建立外交关系的问题。中国人民愿意同世界各国人民实行友好合作，恢复和发展国际间的通商事业，以利发展生产和繁荣经济。"③

1950年初，毛主席访问苏联后，在所签订的《中苏友好同盟互助条约》中，又加上了一条，"不干涉对方内政"。在该条约中明文规定："双方遵照平等、互利、互相尊重国家主权与领土完整及不干涉对方内政的原则，发展和巩固中苏两国之间的经济与文化关系。"

这里值得提及的是"和平共处"这个概念，原是当年列宁提出的。当时只有苏联是社会主义制度国家，所以当时的"和

---

① 参见《毛泽东外交文选》，中央文献出版社1994年12月版，第78页。
② 参见《毛泽东外交文选》，中央文献出版社1994年12月版，第85页。
③ 参见《毛泽东外交文选》，中央文献出版社1994年12月版，第91页。

平共处"只限于不同社会制度国家之间的相处原则。然而，时代在变化，社会主义国家在增多，因而我国提出的"和平共处五项原则"，既适用于不同社会制度的国家之间，也适用于社会制度相同的国家之间。

毛主席以上这些对外工作的思想准则，一步一步地为和平共处五项原则的提出奠定了基础。

不仅如此，毛主席和周总理还在一些外交活动中，反复地解释和推行和平共处五项原则。

1954年10月，印度总理尼赫鲁访华。毛主席同他进行了三次会谈。毛主席在会谈中对尼赫鲁说："应当把五项原则推广到所有国家的关系中去。"

时隔不久，缅甸联邦总理吴努应邀来华访问。毛主席同他明确地谈了和平共处五项原则。毛主席说："我们应该采取一些步骤使五项原则具体实现，不要使五项原则成为抽象的原则，讲讲就算了。"①

最后，毛主席有针对性地说："我们反对大国有特别的权利，因为这样就把大国和小国放在不平等的地位。大国高一级，小国低一级，这是帝国主义的理论。"

和平共处五项原则在毛主席、周总理对外宣传和努力说服的情况下，已逐渐得到世界各国的理解和支持，而且已成为当代国际法的基本原则，从而不仅改善了我国与一些国家的友好

---

① 参见《毛泽东传（1949—1976）》（上），中央文献出版社2003年版，第579页。

关系，提高了我国的国际地位，也打乱了美国蓄意窒息新中国的政策，为我国稳定地恢复经济建设争取了时间，争取了一个和平环境。

给胡志明"支着儿"

在日内瓦会议期间，为了推动和平解决印度支那的战争问题，毛主席给胡志明出了个"边打边谈"的主意。结果，毛主席的这个主意真的使日内瓦会议在争论不休的气氛中，出现了新的转机。

印度支那地区问题比较复杂。法国于 1946 年前后开始了对越南、老挝和柬埔寨的殖民入侵，引起了该地区人民的极大愤慨。印度支那地区三国组成了印支联军，进行了英勇抵抗。

法国由于战线拖得太长，打了几年仗，有些支撑不下去，想从印度支那地区脱身。

美国则想趁机渗入。在日内瓦会议之前，美国曾向英、法鼓吹采取联合行动，既对印度支那地区战争进行"联合干涉，以军事对抗来阻止共产主义向东南亚的扩张"，又向中国发出"联合警告"，如果中共不停止对"越盟"的援助，就要对中国海岸采取海、空军事行动。

英国没理会美国的这一要求，法国也不想陷得太深。在印度支那地区问题无法突破的情况下，毛主席于 1953 年 11 月 23 日给越南民主共和国、越南劳动党主席胡志明发去一封电报，分析了越南的战争局势和英、法、美的态度，并提出了一个想法，就是不要因为和谈而放松军事斗争。电文中指出："和帝国主义者和谈，同战争一样，也是一种长时间的尖锐的斗争""只有我们力量强大，在战场上给敌人的打击愈多愈痛的时候，和谈才有可能获得成功。所以应当边打边谈、谈谈打打，两者不可偏废。决不可因为和谈而稍为放松自己在军事上打击敌人的努力。"①

毛主席的这封电报，对进一步抵抗殖民入侵战争，是一个巨大的鼓舞。

在日内瓦会议将要讨论印度支那问题的前夕，越南人民军在战场上打了一个大胜仗，一举解放了越南西北重镇奠边府，歼灭法国远征军精锐部队和南越保大政府军队 16 万多人，致使越南的战争局势发生了变化。

越南奠边府的胜仗，是一场维护民族独立主权斗争的胜利，使我们很受鼓舞。当时，我们都高兴地奔走相告，就像我们自己的胜利一样，为之高兴，为之欢呼。

奠边府这一仗，在法国引起了极大震动。法国各地都下了半旗，法国拉尼埃政府随即倒台，法国人民的反战运动掀起了高潮，在国际上进一步扩大了法国同美国的矛盾。

奠边府胜仗的消息传到日内瓦，引起了爆炸性的震动。法国代表团团长皮杜尔坐不住了，拿起皮包匆匆返回了巴黎，美

---

① 参见《毛泽东传（1949—1976）》（上），中央文献出版社 2003 年版，第 553 页。

国代表显得很孤立；越南、中国、苏联三国代表喜出望外，都看到了日内瓦会议的转机，认为印度支那问题取得协议的可能性越来越大了。

接着，毛主席于1954年7月6日给出席日内瓦会议的中国代表团提出了一个工作方针，要他们认真贯彻，其内容是："在谈判中该让的就必须让，该坚持的就必须坚持。根据总方针，这些具体活动做得恰当，是可以和下来的，就可以达到联合多数、孤立少数的目的。"①

周总理遵照毛主席的指示精神，就印度支那地区的停战问题开展了全方位的外交活动，首先同印度支那地区当事国的代表以及苏联代表统一思想，然后又与英、法代表进行了充分磋商，并共同拟订了一个恢复印度支那地区和平的方案。经过反复地交换意见，越南、老挝、柬埔寨的交战双方，终于分别在停战协定上签了字。

这个停战协定规定了解决印度支那地区政治问题的原则。根据这些原则，法国政府发表了关于从印度支那地区三国撤出自己军队的声明，以尊重印度支那三国的独立、主权、统一和领土完整。

国际关系史已经公认：日内瓦会议实现了印度支那地区的停战，确认了印度支那地区各主权国家的民族权利，为地区和平做出了贡献。

---

① 参见《毛泽东传（1949—1976）》（上），中央文献出版社2003年版，第559页。

同时，这个会议也粉碎了美国利用印度支那地区战争对中国实行"联合行动"的计划，为新中国恢复经济建设创造了一个较为有利的国际环境。

抵制封锁禁运

美国搞封锁禁运，妄图窒息新中国。中国人民为了生存与发展，不能坐以待毙，必须走出去开展外交工作，利用大国之间的矛盾，争取一些大国和我们进行经济合作，以抵制封锁禁运。

1954 年初，在周恩来总理起草的《关于日内瓦会议的估计及其准备工作的初步意见》中有这样一段话：我们除朝鲜和越南问题外，还必须……发展各国间的经济关系和贸易、交通往来，为缓和国际紧张关系，打破美国帝国主义封锁、禁运的有效步骤，在日内瓦会议之外，中英、中法、中加的相互关系也会触及，我们亦应有所准备。[①]

在日内瓦会议期间，毛主席在了解到会场上各国的表现后，嘱咐说："现在英国一大帮、法国、东南亚各国、加拿大、墨西哥，还有一些南美的国家，都是不喜欢美国的。所以，这个局势很有希望。现在，门要关死已经不可能了，而且很有一种有利的局势，需要我们走出去。"[②]

[①] 参见《毛泽东传（1949—1976）》（上），中央文献出版社 2003 年版，第 555 页。
[②] 参见《毛泽东传（1949—1976）》（上），中央文献出版社 2003 年版，第 560 页。

由周恩来总理率领的代表团在日内瓦会议期间，遵照毛主席的指导精神，高举和平旗帜，向各个方面不遗余力地表达了中国要合作的愿望和诚意。他们不仅与苏联、越南、朝鲜等友好国家的代表团密切配合，也与英国、加拿大等西方国家的代表团不断沟通与协调。历史事实已经证实，对外开放的外交思想，在实践中已产生了极好的效果。

1954 年 7 月，毛主席根据朝鲜战争后国际形势的变化，明确完整地提出了中国独立自主的和平外交政策，以及一些生命力很强的对外交往的基本原则和大政方针。毛主席强调要加大力度开展外交活动，以争取让世界各国了解我们，了解我们的方针政策，了解我们合作的善意和友好的愿望，以争取和西方国家建立外交关系，对一些对我们有顾虑的国家，我们要主动做工作，但不要强加于人。

毛主席为我国的经济建设，力主开展对外开放。为此，他不仅向全国提出了一系列大政方针，而且他自己也利用一切机会，亲自出面对外做工作。

1954 年 8 月，英国前首相艾德礼访华。毛主席对他说："中国是一个正在开始改变面貌的落后国家，经济上、文化上都比西方国家落后。……中国是农业国，要变为工业国需要几十年，需要各方面帮助，首先需要和平环境。经常打仗不好办事……如果诸位同意的话，我们要继续创造一个和平的国际环境。我想，这也是英国、法国所需要的。我们的国家现在还很穷，如果能得到几十年和平就好了。"接着，毛主席又说："有两个基本条件使我们完全可以合作：一、都要和平，不愿打仗；二、各人搞自己的建设，因此也要做生意。和平、通商这总是可以取得同意的。"①

听毛泽东谈援外

1975 年，南也门（当时分南也门、北也门）总统鲁巴伊应邀访华。我当时是外交部主管司副司长，负责接待。

据南也门有关方面透露，鲁巴伊这次访华的目的，一是感谢中国对南也门提供的援助，二是要中国再提供一笔援助。要多少？不清楚。因此，在制订接待方案时，就增加援助一事，增加多少，我很为难，提不出一个比较合适的建议。怎么办？只好和外经委商量之后再说。

其实，中国对南也门的援助已达 7 000 万元左右，其中包括修公路，打水井，建纺织厂、罐头厂和医院。

鲁巴伊抵京的第二天，礼宾司安排邓小平副总理与鲁巴伊会谈。在会谈之前，我先到人民大会堂，就南也门的援助问题，拟同参加会谈的外经委负责人陈慕华交换一下意见。外经委负责人的意见非常明确，反对再给南也门提供新的贷款，说："如果鲁巴伊总统一来，就漫天要价，却又不就地还钱。我们实在受不了。"怎么办？只好向小平同志如实报告，请他定夺吧。

---

① 参见《毛泽东外交文选》，中央文献出版社 1994 年 12 月版，第 161 页。

正当我们都拿不定主意的时候，小平同志进来了。

待小平同志坐定后，我先把接待方案中的有关考虑，以及援助南也门的设想说了一遍。接着，外经委负责人说："我们目前的援外工作确实有很多实际困难。这次鲁巴伊来，我们应该多做些解释工作，不能再增加新的贷款了，把原来的贷款延期偿还就可以了。当然，究竟怎么办，我们还是听小平同志的。"

小平同志思考一阵后说："我们还是要把眼光放远些，南也门困难大一些，我们能帮的还是帮帮人家。我看可考虑给他凑个整数。"

小平同志的意思十分明确，如鲁巴伊提出要求，还可以给他一些新的贷款。最后，小平同志说："不要让这位总统过于失望。当然，这件事，我还得当面请示主席。"

外经委负责人很尊重小平同志的意见，没有再提什么不同意见。

当鲁巴伊准时到达人民大会堂的时候，小平同志立即起身，站在门口等候。

主宾坐定后，彼此寒暄了一番。

然后，鲁巴伊说："中国的经济等方面的援助，在南也门人民心目中留下了极好的印象。我这次来华的目的，是代表南也门人民向中国领导人表示谢意。"

接着鲁巴伊又诚挚地提出，希望中国对南也门再提供一些新的援助。南也门由于历史遗留下来的困难和自身极为不利的自然条件，如果没有外援，单靠自身的力量，难以改变目前的困难局面。

对此要求，小平同志说："我们都在致力于发展各自的民族经济。目前，我们的情况也不大理想。但我们一贯的方针是，对某些需要帮助的国家，可以提供一些力所能及的援助。总统的要求，容我们研究一下。"

邓小平对鲁巴伊的要求，既没承诺，也没拒绝。从邓小平的神态上看，似乎可以提供些援助。对此，我和陈慕华都有所领悟，也没多问。待客人走后，邓小平说了这么一句话："明天请示主席再说。"

那些日子毛主席在湖南。礼宾司安排毛主席于翌日中午 11 时在湖南会见鲁巴伊。

邓小平于次日清晨已提前到达湖南。

我和翻译李留根陪同鲁巴伊乘三叉戟客机于上午 10 时 40 分飞抵湖南长沙机场。

在长沙机场，到机场迎接的是王海容。我们走下飞机后，礼宾官立即安排鲁巴伊乘上红旗轿车，直奔毛主席的住处。我和王海容在另一辆车上。王海容告诉我："小平同志已经来了，已将情况向主席报告了。主席同意小平同志的意见，援助他们一下。他们还谈了别的事情。鲁巴伊一到，主席就见。现在小平同志正在外厅等候鲁巴伊。客人一到，立即进去见主席，时间不能拖得太长，不能让主席太累。"

我们的车很快就到了毛主席的住处。下车后，王海容指着右边的走廊对我说："你就直接往前走，到那个屋子里去等吧！

我得快去安排客人会见，小平同志还在那里等呢。"她说着就风风火火地跑进左边的门洞里去了。

谁都知道，毛主席的住处是机要重地，切不可乱串。这时，我只能听王海容的安排，要我往哪儿就往哪儿，不敢乱闯。但我心里还在不停地埋怨：这小王太差劲了，既然没让我和她一起往左边门洞里走，至少应该告诉我，右边这个走廊是通往哪里的。现在可好，弄得我有些不知所措，往前走吧，前边是空空的一片走廊，安静得要命，既看不到警卫，也看不到服务员，不走吧，停在这走廊算是干什么的。没办法，我只好一小步、一小步地向前挪。

我是第一次到长沙，又是第一次到毛主席的湖南住处。这里是几亿人想来也来不了的地方。想象中的这里，一定是三步一岗、五步一哨，戒备森严。然而，我自下车后，就没看到一个警卫人员，连个服务员也看不到。令人惊讶。

当我小心翼翼地往前走的时候，突然发现左边有个门是敞开的。我不由自主地往屋里看了一眼，原来毛主席一个人坐在这宽大客厅正面的沙发上。

毛主席看到我这个穿得整整齐齐的陌生年轻人，并没有觉得奇怪，左手抬了抬，似乎要说点儿什么，至少是让我走近他。

就在那么一刹那，我们的毛主席在我眼里，绝对不是想象中的那种让人望而生畏、高不可攀的大人物，而是一位令人敬仰的和善老人，是一位穿着整齐、普普通通的长辈，只不过比大街上的照片要老一些。

那时，我也不知从哪儿来的一股勇气，一面往前走，一面说了声："毛主席！您好！我是外交部的，刚到。"

毛主席听后，似乎看清了我，他把右手抬起来，指了指沙发，似乎让我坐在他身边，又似乎要说点儿什么。

当然，我没有坐下，但他的这一表示，却在感情上把我们的距离拉近了。我规规矩矩地走到他的对面，我说："我是陪鲁巴伊总统来的。"这时我很想听听主席会对我说点儿什么。

主席仔细地看了看我，刚要说什么。突然，主席座位右侧的门射进了一片非常刺眼的灯光，一位电视台记者推门跑了进来。这一突如其来的灯光把主席和我吓了一跳。我们立即把头转向刺眼的灯光。当时我意识到会见时间已到，我立即闪到了一旁。这时，小平同志大步走了进来。接着进来的是鲁巴伊、王海容和翻译李留根。

主席的身体还真不错，自己立起身和鲁巴伊握手。主席坐下后，小平同志等人一一按序坐了下来。

大家坐定，主宾进行了一番友好的寒暄。仅就我记忆所及，略微介绍如下：

毛主席："欢迎鲁巴伊总统访华。"

鲁巴伊："谢谢毛主席在百忙之中接见我，这是给我很大的荣誉。"

毛主席："你来过北京，我们是老朋友了。"

鲁巴伊："我来过，我每次来，都会看到中国的巨大变化。"

对此，毛主席说："你来中国不要只看好的一面，也要看坏的一面。南也门人民和中国人民有共同点，有共同目标。我们两国应该互相帮助，互相支持。"

鲁巴伊："我们要向中国学习。我们得到了中国的帮助。请允许我借此机会向毛主席表示感谢！我们希望继续得到中国的帮助。"

毛主席："我们也得到你们的帮助的。你的愿望（指希望继续得到中国帮助），你向他要。"说着用手指向小平同志。

鲁巴伊："谢谢毛主席，南也门人民会十分珍视中国的友好帮助的。"

鲁巴伊离开北京时，一再表示他这次访华取得了很大成功，既增进了两国的友好关系，又得到了中国的支持和援助。

第二部分

纵大风云

第四章

联大：去不去？

1971 年 10 月 26 日，联合国秘书长吴丹来电告称：25 日的联合国大会通过决议，恢复中华人民共和国的合法席位。这一电文对中国说来是一个莫大的喜讯，它为中国提供了一个对外开放的契机。形势看好，机不可失。

外交部欧美司国际组（1972 年恢复为国际司）从此不必再坐冷板凳，可以在多边活动中施展拳脚，为中国进一步对外开放打开一个新的外交局面。

但是，当时外交部面临一个现实的抉择：中国是立即派代表团出席 26 届联大，还是等明年的联大再去？

为什么一个不成问题的问题，竟成为一个需要认真研究思考的问题呢？

"不要被胜利冲昏头脑"

面对联合国秘书长的来函，周恩来总理和外交部党委出于种种考虑，曾提出一个暂不出席 26 届联大的思路。这个思路很快就被毛主席否定了。

这件事，毛主席的决断是对的，但周总理和外交部提出暂不参加 26 届联大的理由，也有一定道理。

当时，外交部办理此案的具体情况是这样的：

外交部收到联合国秘书长的来电是在 27 日凌晨，姬鹏飞代部长上午 8 点半上班，乔冠华上午 9 点上班。

这天早晨，主管国际组的欧美司司长章文晋看到吴丹的来电后，立即通知国际组有关人员，上班后马上到章文晋的办公室，共同研究如何答复吴丹的来电。

国际组的凌青、杨虎山、邹一民、冯淬等 5 人一上班，都来到了章文晋办公室。章文晋对他们说："今年联大已通过决议，恢复我国的合法席位。联合国秘书长已经来电，要我们派团去。……从目前的情况看，我们暂时不去为好，不必匆匆忙忙的。但不是不去，而是这届联大不去。现在我们研究一下，凑一凑不去出席 26 届联大的充分理由，以便立即写出一个答复吴丹来电的报告，向上请示。"

会上，大家讨论出了如下 4 个不出席 26 届联大的理由。

1. 毛主席和印度尼西亚总统苏加诺说过："我们不急于进联合国。我们已等了 11 年，再等 11 年也无妨。"

2.蒋介石集团驻联合国代表已被驱逐，而在联合国其他9个专门机构的代表，仍然未被驱逐。所以，我们暂时不必急于进入联合国。

3.联合国从1950年以来，通过了一系列污蔑中华人民共和国的决议，给我们戴上了许多"大帽子"，诸如新中国是侵略者（指我抗美援朝）；新中国以劳动改造为名，强迫劳动；西藏"难民"问题；等等。这些无稽之谈如果联合国不予以更正，我们不便进入联合国。

4.联合国长期被美、苏两个超级大国操纵，而美、苏两霸又长期采取反华政策。这些事在中国人民的心目中，已形成极大的反感情绪。

最后，章文晋说："估计上午部里会开会，今晚总理要召开会议，我要在会上讲讲这些暂不去纽约的理由。可我总觉得这些理由还不够充分。你们五位回去再想想，还有什么暂不出席26届联大的理由，尽快告诉我。"

外交部党委（部领导核心小组）上午就复电一事开会，一致同意司里的意见，暂不派团去联大，并决定立即写报告，请示中央。

那天上午，我曾问过乔冠华："联大去不去？"乔冠华说："听总理的！"接着乔冠华又说："林彪这件事把大家弄得很紧张，中央对林彪的表态还没下达，大家的心还都吊在那里。现在真的没有心思考虑这件事。"

基于这些状况，当年在处理吴丹来电一事，外交部上上下下的一致建议是：不急；不打无准备之仗；不是不去，而是今年不去，明年再去。这一暂时不去的理由虽不充分，其中有的理由理直气壮，有的理由也难以说明白，有的理由大家又都是心照不宣。外交部办理此案人员的审慎心态，是为了最大限度地做到不给总理添乱、出难题，不给中央添麻烦。事实上，这一建议也符合周总理的意思。

接着，周总理召开会议研究这个问题。

周总理的意思是，先研究出一个建议，最后请示毛主席定夺。

周总理听了外交部的意见后认为，事情来得突然，立刻派团去纽约是有些紧张，可考虑先派一先遣组去出席26届联大，看看情况再说。此事要听听主席有什么指示。

当周总理与外交部人员正在进一步讨论的时候，毛主席派王海容到人民大会堂向周总理传话：请周恩来、叶剑英、姬鹏飞、乔冠华、熊向晖等人到主席处议事，谈一下如何答复联合国秘书长的来电问题。

毛主席在周总理等人到齐后说："我过去讲过，不急于进联合国，那是老皇历喽，现在不算数了。"

当听到外交部建议，先派先遣组去26届联大的时候，毛主席果断地说："那倒不必喽！"接着毛主席又说："为什么不去？联合国秘书长已经发来电报，我们就应该派代表团去！"

"派乔冠华率团前往。"

"不去就脱离群众了。"

毛主席选乔冠华率团，从当时的实际情况观察，团长人选非乔冠华莫属，我总结原因有如下几点：

1. 乔冠华在各种国际会议上和大国周旋了多年。新中国成立之初，乔冠华作为中国代表团顾问，与团长伍修权等在联合国安理会上就"美国侵台湾案"提出严正控诉；作为李克农的助手参加朝鲜战争停战谈判；随周总理出席日内瓦会议，讨论和平解决朝鲜问题和恢复印度支那和平问题。

2. 乔冠华极有才华，妙笔生花。他是清华学子，曾留学德、日，在社会上素有学识渊博、思维敏捷、文笔流畅的评价。外交部很多人知道，不论是外交文件、调研报告，还是国际问题的评论，只要由乔冠华执笔，或经乔冠华修改，文章就出得好、出得快，连毛主席、周总理都称赞乔冠华会写文章。

3. 主管美国事务较多。早在抗日战争期间，乔冠华就是中共中央南方局外事组的成员，负责对外宣传中国共产党的方针政策，开展外事调研，参加外事活动，开展同各国驻华新闻机构的友好合作和交流，其中和美国人的交往较多，了解得也多。新中国成立后，乔冠华在外交部多年主管美国事务，打交道的主要对象是美国。

那么，要本着一个什么样的心态去出席 26 届联大呢？

为了使说出的话既讲原则，又及时，又有面子，又恰如其分，在条件允许的情况下，应该做好调查研究之后再说。但是，在初到联合国没有深入调查研究的情况下，也不能一言不发、寸步不行。这不是新中国外交官的风格，也不是乔冠华的风格。

这次讨论会提出，乔冠华等在前方，既要注意调查研究，也要解放思想，切不要被一些框框所束缚，该说的说，该做的做，不要顾虑重重，左顾右盼。

中国代表团去纽约，有一个比较敏感的问题是如何处理好与美国的关系，这是一个需要代表团每个成员身体力行的新事务。

中国代表团在一个崭新的、多边活动的环境里，如何处理好与大国乃至霸权主义国家代表的关系，如何能不失时机地表达中国的原则立场，如何开展多边合作，这些问题对代表团每个成员是一个考验，也是一个挑战。

代表团不是去跟美国吵架，而是去声援正义、声援和平，是去说出一切反侵略、反干涉的国家的心声，是去"反对大国欺侮小国、强国欺侮弱国，不让任何国家操纵联合国"。

事后，就中国代表团出席联大的方针向中央写请示报告时，乔冠华在文中用了"不卑不亢"这个词，还在后面加上了四个字，"落落大方"。从此，"不卑不亢、落落大方"八个大字，就成为中国外交官必须遵行的准则。

毛主席说：必须向那些投票赞成恢复中国在联合国合法席位的友好国家代表表示感谢！

"我们要感谢他们！"

毛主席说："在联合国要搞统一战线。这是国际统一战线，和国内统一战线有同、有不同。根本区别是，国内统一战线是不同阶级的统一战线，无产阶级必须掌握领导权；国际统一战线是不同国家的统一战线，没有谁领导谁的问题，大小国家一律平等，谁也不应该领导谁，谁也不应该听谁的领导。搞国际统一战线就要平等协商，绝对不能以大国自居，颐指气使，绝对不能干涉人家的内政，绝对不能有领导人家的想法。"①

毛主席还说："不入虎穴，焉得虎子。"

我们和美国对骂了二十多年，彼此早已形成隔阂，互不来往，互相戒备，互相敌视。现在突然有个去纽约的机会，要派代表团到美国的心脏里去，到不受欢迎的敌对国家里去开展多边工作，这不仅会使去的人心有余悸，不去的人也为之担忧。但有一事不容置疑，不管美国高兴不高兴，中国代表团借进入纽约的机会，不仅能够和美国官方人士有所接触，也能够和友好而礼貌的美国人民直接交往，可以进一步打开中美两国人民抒发情谊的门窗，这正是我们所期望的一件事。

自从美国支持蒋介石集团打内战以来，我们对美帝国主义恨之入骨，也把美帝骂得狗血淋头，但不能，也不应该疏忽的是，几十年来，毛主席一再表示，非常重视中美两国人民的友情，而且不失时机地多次向美国喊话，让他们知道中国人民很珍惜与美国人民的友情。

当然，毛主席称美国为"虎穴"，并无恶意。他的意思是要代表团意识到，所面临的形势是严峻的，所面临的难题会很多。

---

① 本节毛主席讲话均引自《新中国外交斗争追忆》，中央文献出版社，2011，第 151 页。

在代表团出发之前，乔冠华深感此行责任重大，他若有所思地说："不入虎穴，焉得虎子。可我们是明知山有虎，偏向虎山行。毛主席指示我们要利用这个机会把有关美国的调研工作搞好，意思是要我们深入美国、了解美国，以便向中央写出一个更为客观、更为中肯的报告。"

我们这次不只是去开会，更重要的是要创造条件，开展与美国人民的友好工作，同时要和世界各国代表进行广泛接触，搞好调研，开展友好合作，特别是同发展中国家的友好合作。

叶剑英赠诗

中国代表团乘什么飞机去纽约，当时是一件颇费周折的事情。

新中国成立以来，由于美国经济封锁等因素，严重地影响了中国与国际接轨的时间表。当时，一些发展中国家都有自己的国际航班，可以飞遍全球，而中国连可供远航的飞机都没有。我们在国内可供使用的飞机，基本上是从苏联引进的，其中飞行性能好一些的就是伊尔–24。这种飞机加满了油也只能乘坐二十余人，其飞行高度和飞行距离都不能满足漂洋过海的需要。

因此，新中国成立二十年来，出国的重要代表团只能乘坐外国飞机或租用外国专机。

中国代表团乘坐人家的航班或租用人家的专机，安全系数都不高，坐在上面也是提心吊胆，谁也保证不了飞行安全。

譬如，1954年，中国出席万隆会议的代表团租用克什米尔公主号飞机，在公海坠毁，中国代表团乘此机的成员全部遇难，在中国外交史上记下了悲惨的一笔。

又如，1959年，中国一重要代表团租用了一架外国专机出访。关于安全问题，对方做了保证，有关部门也做了周密侦察，可以说，已经做到了万无一失。

但万万没想到，这架飞机飞经马来西亚上空时出现故障，出于安全考虑，不得不在马来西亚降落。

中国代表团只能听从机长的安排。

当时，中国还没有和马来西亚建交，这让中国代表团的成员不免有些紧张。一是怕敌对国家的人到机场来找麻烦；二是怕蒋介石集团的特务闻风赶来给代表团添堵；三是和国内失去联系，两头着急。

中国代表团成员多是经过枪林弹雨考验的硬汉子，但碰到这样无可奈何的情况，也只能听天由命，很被动、很窝囊。

再如1965年，周恩来总理租用巴基斯坦专机去罗马尼亚出席罗共总书记乔治·乌德治的葬礼。对此，罗方十分惊讶，因为其他各国领导人乘坐的都是本国专机，唯独中国总理租用外国飞机。

那个时期，我们的心情是，虽然自己没有远航飞机，但我们并不气馁。须知，我们的困难是时代造成的，但我们克服困难的毅力却是经久不衰的。

第四章　联大：去不去？

于是，中国去联大的代表团只能搭乘法航班机经巴黎去纽约。

法国是与中国建交最早的西方国家。两国建交后，双方关系发展得很好。聪明的法国人于1966年就同中国签订了从巴黎直飞上海的航空协定。

中国代表团经上海飞纽约是震动世界的大事。党中央、国务院以及全国人民都对中国代表团给予了极大的关怀和重视。

11月9日，遵照毛主席的指示，中国代表团从北京出发的这天，在机场破格安排了以周总理为首的中央领导人送行和几百名群众欢送的活动。这样做，一是为中国代表团壮行；二是让世人知道，8亿多中国人民很重视联合国事务；三是以极大的热忱对待中国代表团，以回应友好国家对中国的支持。

在机场的停机坪上，有不少群众手举彩旗，欢呼口号，为代表团送行，现场十分壮观、感人。

在一片"热烈欢送出席联大代表团""毛主席的革命外交路线胜利万岁"的欢呼声中，周恩来等国家领导人在机场贵宾室同乔冠华等人话别之后，便一一向停机坪走来，他们先向欢送的群众招手致意。

周恩来等人走到机舱舷梯旁，和代表团一行在机前合影留念。然后代表团成员一一登机。

我刚要登上飞机舷梯，忽然有一位同志在我身后用手拍了一下我的肩膀，以示找我有事。我立刻走下舷梯，问他："有什么事吗？"这位同志急忙对我说："远行同志，我是叶帅的秘书，叶帅为乔部长送行写了一首诗，要我前来交给你，请你在飞机起飞之后，交给乔冠华看看。"说着，他交给我一个纸条。

我接过来，立即向他表示："请放心，我给他看！"这时，我听到周总理对乔冠华说了声："一路平安！"最后，乔冠华在飞机舱口回过头来，恭恭敬敬地向送行的各位举手致谢。

当飞机缓缓离开停机坪的时候，欢送群众仍然不停地欢呼口号、不停地挥动着小旗为代表团欢呼。这个场面令人感动，终生难忘。

当飞机在空中飞行平稳后，我急忙拿出叶剑英元帅的这首诗，先睹为快。

这首诗写在一张活页纸上（笔记本上用的那种活页纸）。从这张折叠过的活页纸可以看出，叶帅是在比较匆忙的情况下写的。

在这张活页纸上，抬头写得很清楚，是写给乔冠华的，而右下方却没有叶帅的签名，这是为什么？我不清楚。我估计，有可能是急于让秘书转交，没来得及签名；有可能尚不知这首诗能否交到乔冠华的手中，故意不签名；也有可能这首诗已占满了这张活页纸，左下方已没有地方签名了。

乔冠华读过这首诗后，很高兴，没说什么，却沉思了一阵。可见，乔冠华深知叶帅这首诗的分量，领会到老帅的牵挂和期望。

随后，乔冠华将叶帅这首诗又递给了我。

该诗全文是：

送乔老爷上轿，并祝一路顺风

——篡乔公打油

耳提面命意正酣，

忽闻离别刹那间。

我已怅然无一语，

玉壶冰心总相连。

中国代表团飞抵上海，下午换乘法航。

中午，好客的上海政要还请我们吃了一顿丰盛的午餐，让我们品尝了一顿阳澄湖的大闸蟹、虾肉馄饨和小笼包。

饭后，我们登上法航，飞离了祖国。

在飞机上，乔冠华联想到北京和上海的送行场面，顺手写了首诗，颇有新意。写好，他给我一阅。诗曰：

我辈乘机将歌行，

忽闻黄浦淌歌声。

长江万里深千尺，

不及同仁送我情。

沿途奇遇：两个意外

法航班机从上海起飞，要飞经三个国家的首都：卡拉奇、开罗、雅典，然后才飞抵巴黎。

巴基斯坦和埃及都是发展中国家，与中国的关系很好。它们在联合国支持阿尔巴尼亚提案，是力主恢复中国合法席位的支持国。当他们得知中国代表团要途经其首都，都在各自的机场安排了十分周到的外交款待。

机场，虚惊一场

行至雅典。飞机要在雅典机场停留一小时，这一停机可不寻常，因为中国和希腊没有外交关系。

这个无法回避的事实，在出发前我和乔冠华讨论过。希腊是人人都感兴趣的地方。谁都知道，希腊是一个拥有众多神话故事的国家，又是欧洲文明的发源地，据说在公元前12世纪就有文字记载的历史。乔冠华说：“如能到这类国家一游，将是一件人生的快事，对了解西方文化、西方历史大有用处。”遗憾的是这个国家当局对新中国不了解，成见不小。

战后的希腊在政治上受美国影响很大。

从美国当时对华态度观察，我们乘飞机在雅典降落，还不至于发生什么意外。我们决定不下飞机，这样谁也奈何不了我们。

当我们无可奈何又无所适从的时候，我的脑子里很自然地联想起前些年中国外交官多次碰到的类似遭遇。

中国的一位外交官在回国途中，其所乘飞机发生了故障，被迫降在台北。当飞机舱门一开，就有几个人登机，主动找中国的外交官攀谈，并一再动员他下机到休息厅稍坐；表示如有什么困难，包括经济困难，他们将大力帮助解决，如愿意留在台北，必将给予优厚的安排；等等。

听起来，这几个人没有恶意，但当时我们都认为，他们是在对大陆外交人员进行策反。

还有一外交官乘机回国途中，也不知为什么，飞机突然降落在与中国无外交关系国家的机场。不多时，有几个中国人登上飞机，直接找中国外交官谈话，并一再表示，要请中国外交官下机吃饭。

这类难以预料的遭遇，不胜枚举。当事人十分为难，但必须不为所动，不下机、不上当；回国后还要将发生的事情如实讲清楚，以便提醒其他同志引以为戒。

中国代表团所乘的法航班机即将在雅典着陆。任何思想顾虑、任何防范措施都无济于事，只能原地不动，提高警惕。

飞机降落后，竟然发生了一件难以预料的意外。

飞机舱门一开，进来几个白种人：一个是希腊外交部的礼宾官，一个是法航驻雅典的代表。这两人在雅典机场负责人的陪同下，直接走到乔冠华的座位前，希腊礼宾官通过译员对乔冠华说，他奉希腊外长之命，到飞机上来，请乔冠华团长到雅典机场贵宾室稍事休息，希腊外长将亲自向中国代表团表示祝贺。

这一突如其来的事件，令人既吃惊，又为难。吃惊的是，与中国没有外交关系的希腊当局如此热情、礼貌、友好，盛情难却；为难的是，如若应邀下机，吉凶难卜，难说没有任何风险。如若婉言谢绝，不仅失礼，把一个求之不得的两国修好的机会拒之门外，说不定还会得罪一个向中国表示友好的国家，而且，乔冠华很可能会被说成是个胆小鬼；如果贸然下机，一旦有什么不测，乔可能又会被说成是"主动投敌""向往资本主义"。

代表团各位成员大伤脑筋，有的人，如陈楚，曾几何时还在批斗会上被打成"走资派""张闻天的干将"，头挂木牌，低头弯腰，接受批斗。这种恐惧，令人心有余悸。因而，他们面对希腊朋友的要求，也摸不着头脑，有些不知所措。

说句公道话，在这紧要关头，谁都难免束手无策，谁都不敢乱出主意。既不能前怕狼后怕虎，把送上门的外交拒之门外；也不能明知山有虎，偏向虎山行，把外交当赌博，不顾使命，去做无谓的冒险。也就是说，既不应该胆小怕事，也不能因小失大。

就在决心难下，却又必须当机立断的时刻，有一位代表脱口而出说："法航代表也在！"聪明的乔冠华立即反应过来，马上表示："感谢贵国如此盛情安排。富有古老文明的希腊是我多年向往的地方。借此机会，拜会一下贵国外长，很好，走！"说着，便站了起来，在希腊外交部礼宾司司长的带领下，向机舱门口走去。王海容和译员也随乔冠华下了飞机。

这时，其他人虽然都没敢吭声，却也紧张得汗毛直竖，都不约而同地为共事多年的乔冠华担心。

第四章　联大：去不去？

119

乔冠华此举，如不出事，皆大欢喜，都会欢呼乔冠华英雄；如若出事，难免有人会发表各式各样的议论和"高见"。这样的事，在十年"文革"中司空见惯，不足为奇。

大家提心吊胆地为这件意外之事足足煎熬了近一个小时。

这时，有人问航空小姐："何时起飞？"回答是："准时起飞。"

距离起飞时间越近，机上的气氛就越紧张。

正在望眼欲穿之际，我发现乔冠华在希腊外长的陪同下走出了机场贵宾室。机舱内的情绪顿时活跃起来，大家如释重负，很快欢快如初。

乔冠华上机之后，还兴高采烈地说："我给你们带来人家送的希腊葡萄干，都尝尝。"

乔冠华坐定，飞机立即起飞。

真是一场虚惊。

美国记者"出洋相"

事情就是这么凑巧，当你稍微松弛一下的时候，意外的事情又发生了。

在从巴黎到纽约的飞机上，突然冒出了几位美国记者，他们背着笨重的摄像机，架起很亮的聚光灯，声称要采访乔冠华。领头的美国记者向乔冠华自我介绍说，他是美国哥伦比亚广播公司的主持人，要与乔冠华谈谈，这时他的几个助手已经将摄像机对准了乔冠华。

我们有些纳闷儿,这几位美国记者是同机飞纽约的旅客,偶然相遇呢,还是美方特意派出记者,在飞机上采访乔冠华?如果是后者,那美方的工作实在是精明、到位,不惜工本,越洋来迎,抓时机、抓新闻,令人佩服。

应付记者,对乔冠华说来,驾轻就熟,他一向擅长灵活准确地表达中央精神,而且头脑清晰、语言丰富。他可以把对方谈得晕晕乎乎,却不失原则;也可以空对空地侃侃而谈,让对方听得津津有味,满意收场。

乔冠华看这个架势断定:这几个记者不是巧遇,是美方有意安排的,便很礼貌、很认真地和主持人在座位上有问有答地谈了起来。

两人交谈的气氛融洽、和谐,交谈的内容尚属一般。乔冠华正好借此机会,讲了讲中国对美国和美国人民的态度,向美方喊喊话。实际上这次的答记者问,得分的是乔冠华。旗开得胜,是个好兆头。

更意外的是,美国的几位记者拍完乔冠华之后,掉转机头,对准每个代表团成员都拍摄了一阵。

美国记者为什么要这样拍,是什么目的,我们谁也弄不清。这种采访,并没征得任何人的同意,是不是有些不礼貌,但是谁也没多问。于是大家都不吭声,就让他们拍吧。况且他们——拍的人,是张三,还是李四,他们一概不知,拍也是白拍。

在拍摄的过程中,出现了一个怪现象。

美国记者不拍同排座位的两人,也不拍同排座位的三人,而是一个人一个人地拍摄，似乎要在拍摄中发现些什么。这种莫明其妙的拍摄采访，令人不解。

更让人无法理解的是，美国记者把摄像机镜头对准张允义，左拍、右拍、上拍、下拍、特写、长拍，折腾了五六分钟。张允义也弄不清，为什么美国记者对他如此重视，不知道如何是好，只能摆足了姿势，让他们拍。

在美国记者拍完之后，我们还议论了一番。

大家最感兴趣的是，为什么美国记者对张允义如此关注？

在一番讨论后，大家一致认为：美国记者给每个人都拍了一个头像，却不知所拍的人是谁，是大官还是小官，是代表团的重要成员，还是随行人员。当时，美国记者不便问，我们也不理睬他们。记者拍到年轻人时，只拍个头像，而拍张允义的时候，突然发现张的长相独特，年纪较大，五十开外，体态较胖，坐在位子上，十分严肃，腰板笔挺，目不斜视，旁若无人，略带傲气，外人看来，像个脱了军装的将军，或者地位很高的首长，至少是中共老资格的官员、要员。美国记者互相交头接耳之后，可能认为他们发现了中共要员，便把镜头集中在体态丰满的张允义身上，以极高的专业技巧在张允义身上花了很大力气，拍了半天。

其实，张允义是乔冠华的司机。

大家议论到此，哄堂大笑。

机舱内一阵活跃，把旅途的疲劳甩到了九霄云外。

随后，大家又对美国记者为什么对我们一一拍摄探讨了一番。

有人说，美国记者拍摄我们的用意是，要给中国代表团进入联大拍个纪录片；也有人说，这是美国移民局通过记者采访的办法，为我们这些人首次入境美国留下一批备查资料；还有人说，这是美国中央情报局，以记者身份搜集代表团的成员信息，说不定是为我们这些人设立个人档案。

大家你一句我一句，漫无边际地胡侃，还是弄不清美国记者此举是什么用意。

飞机上这么一折腾，时间过得很快。航空小姐告诉大家，纽约到了。

飞机一落地，我们以掌声报谢法航的飞行成功。

到纽约当天，在和乔冠华闲聊的时候，我跟乔冠华说了对一路上"两个意外"的感想。

我说："一路上还算顺利，没想到还碰上了两个'意外'。"

乔冠华问："说说看？"

其一，"飞机抵达雅典的时候，未建交的希腊朋友把你请下了飞机。可把坐在飞机里的人急坏了。担心会发生什么不测，都为你捏了一把汗！如果出事，必然轰动，可如何向国内交代？"

乔冠华得意地说："这应该算是一个意外，其二呢？"

其二，"飞机在大西洋上空的时候，竟然冒出了几个美国记者要采访你，还拍了电视。更出人意料的是，这帮记者把摄像机镜头一掉，对准我们每个人都分别拍摄了1~2分钟。这应该是个意外吧？"

乔冠华摇摇头说："是意外，又不全是意外。这也可以说是意料之中的事。在西方，碰到感兴趣的记者要采访你，是件常见的事儿，不足为奇。"

乔冠华随后对我说："远行，你对这'意外'的概括有意思。从前，有过这么一个小故事：一个教几何的老师发考卷考学生。有一个学生看了考卷，有些发毛，因为这学生最不喜欢几何。考卷上的题，他一个也回答不上来。于是，这学生便在考卷上写了几行字。这几行字是：'学了几何，能懂几何？不学几何又几何？考我几何，为几何？答不上几何，又几何？我管你几何不几何！'"

当时，我听得出神，还不由自主地说了一句什么，现在已不记得我这话是针对几何老师的，还是针对答卷学生的，但乔冠华听后，大笑不止。

被示威者"接机"

乔冠华一行抵达纽约，运气不错。美方在机场上接待得十分周到，无可挑剔。这是一个好兆头，是一个顺利的开始、良好的开端。

乔冠华从容地走出纽约机场，出面迎接的官员是联合国总部礼宾司司长和不少安全官员。乔冠华立即向该礼宾司司长表示感谢。

该司长向乔冠华表示："我代表联合国秘书长向乔团长和代

表团一行表示欢迎和良好的祝愿！”并向乔冠华说，他们安排代表团一行下榻在纽约中心的罗斯福旅馆，如代表团有什么要求，他们将大力协助。

这时，中方先期派到纽约的先遣组组长、代表团一等秘书高梁也相机向乔冠华团长汇报了联合国总部对先遣组的帮助。乔冠华就此事向联合国礼宾司司长表示谢意，并通过他向联合国秘书长致谢；他还就中国代表团在机场受到的友好接待，给予高度评价。

关于中国代表团团长何时拜会这届联大主席以及中国代表团何时出席 26 届联大的问题，礼宾司司长说：“我们充分尊重乔团长的意愿，请代表团的礼宾官同我商量一个合适的时间。如果乔团长不反对的话，我建议把乔团长拜会大会主席和中国代表团出席联合国大会安排在同一天。先拜会、后出席大会，这样安排是否合适，愿听听乔先生的意见。”乔冠华立即表示，安排在同一天进行，很好，很合适。具体时间我们再商量。

然后，乔冠华向礼宾司司长提出，为了向纽约人民表示良好的祝愿，请他安排一下机场讲话。该司长立即表示，没有问题，他们已经做了安排。

后来听说，安排代表团团长在机场讲话一事，纽约没有先例。中方先遣组向美方提出这一要求时，曾遇到一些困难，但最后，美方还是做出了安排。在机场出口的广场前面，用绳子拉成一道隔墙，又在绳子里端立了一个麦克风。

乔冠华在麦克风前讲完之后，中方新闻官又向记者们散发了这份机场讲话稿。

这篇小小的机场讲话稿，在纽约市民中引起相当不错的反响，它对纠正美国人对中共的偏见起了不小的作用，至少可以让人家了解中国代表团是本着友好合作的愿望而来，是为寻求世界和平而来，是为和美国人民发展友好关系而来。

乔冠华离开麦克风之后，在记者的簇拥下，像个来访的政府首脑，缓步向前，并向欢迎人群招手致意。

此时此刻，我看到的是美国人一张张的笑脸、纽约华侨代表的热忱欢迎和美国工作人员的认真照顾。我不由自主地问自己，我们这是在美国吗？

美国朋友如此友好、如此合作，是我事先没有想到的。

二十多年来，美国在世界上称王称霸，一贯反华，政治上排挤、经济上封锁，又粗暴地干涉中国内政，今天这是怎么啦？大三角之斗，方兴未艾，难道美国在变吗？是因为我们是出席联合国的代表团，与美国当局无关，还是美国当局在基辛格访华后的对华政策出现了松动？

在联合国总部和美国官方的安排下，中国代表团很快进入了角色，开始了新中国的代表在国际舞台上或斗或和，或以斗求和，或斗和并用的别开生面的多边外交。

乔冠华上车的一幕，挺威风的。

一辆黑色霸王车（林肯牌）轻轻地开到了乔冠华的面前。这车很长，腹部也宽，既隔音，又防弹。四名身穿西装、佩戴漂亮领带的美国保镖（我们习惯称警卫员）非常熟练地围了上来，照顾乔冠华上车。

在乔冠华上车之后，有两个保镖立即跑上前卫车，两个保镖跑上后卫车，一个保镖十分敏捷地坐上了霸王车的前座。保镖把车门一关，霸王车立即启动。再看霸王车前座的这位保镖，有三十岁左右，长得很帅，动作敏捷，精神抖擞，手持报话机，礼貌周道，举止得体。美国方面对中国使者乔冠华的到来做了精心准备，安排得滴水不漏。

我们以满意的心情离开了机场。这一良好的开端，给我们增添了不少信心。

一路走来，我们看到的是一张张热情礼貌的笑脸，感受到的是步步绿灯、事事关照，听到的是美国人和华侨代表对我们的美好祝愿。这些所见所闻和所受到的礼遇，使我们没有身处异国他乡之感，似乎来到的不是想象中的美国。

没想到的是，当我们离开机场300多米时，路边出现了一个约一二百人的队伍，他们排成一列长队，还拉起了红色横幅标语，标语上写着："中共代表滚回去！""打倒中国共产党！""中共无权代表中国。"我小声提醒乔冠华："快向左看！"乔冠华问："都是什么人？"我只能回答说："我看都是中国人。"

当我们的车距离示威者不到100米的时候，那些示威的人跳起来骂我们，似乎要在我们面前发泄一下他们对中共的深仇大恨。至于这些年轻人跟中共有什么深仇大恨，我们不得而知。他们挥舞着小旗又骂又跳，又喊又吼。他们喊了些什么，骂了些什么，由于美国霸王车密封得很严，我们什么也没听见。

从示威者的激昂情绪看，恨不得一口把我代表团吃掉。所幸示威队伍周围站了好几个美国警察，旁边还有骑警，才没有出什么事。

霸王车开始加速，很快就把摇旗呐喊的示威人群远远地甩在后面。我自言自语地说："这帮人还挺来劲！"乔冠华说："这些小把戏，不陌生。"

这场小把戏，虽然仅仅表演了几分钟，而且是一闪而过，但其操纵者的目的很明显，是要给刚下飞机的代表团来个下马威，要我们知道国民党顽固派没有输，还要跟中共继续较量；要提醒我们，这是美国。

我脱口说了句："闹吧！瞎子点灯白费蜡！"乔冠华笑了，却没笑出声来，因为车上有美国朋友。

后来有一天，一位五十岁左右的华侨到代表团住处，要求见乔冠华团长，说有要事相告。

来访者是谁，来访何意，我们一概不知。我出来见了他。我请他到会客室或房间里谈，他不肯。他坚持要在走廊和我谈。我尊重他的意见，就在走廊谈。他小声对我说："我劝你们要注意，这里很复杂，在你们的卧室和会客室里都安有窃听器，你们千万要注意。"

关于窃听器这东西，我略懂一二，但不在行。华侨主动前来提醒我们，是为我们好，我向他表示感谢。我向他表示，中国代表团没有什么秘密，都是光明正大的，窃不了什么东西。他还是小心地说："现在的科学技术很发达，有些事你们想象不到。你们的言行，有人很感兴趣。"

于是，我很诚恳地向他表示感谢，还对他说："不知你需要我们帮你做点儿什么？""不！不！我的来意就是提醒你们注意窃听。"接着我问他："谢谢你！你还要见乔冠华团长吗？""不打扰了！我来的目的已经达到了。"

最后，我顺便问了一个问题，在机场外边那些示威的是什么人？他压低声音告诉我："那些示威的人是国民党留驻纽约的人组织的，人数不多，没有什么作为，不必在意。"

接着他告诉我，参加示威的人由三部分人组成。

一部分估计是原国民党驻纽约总领馆留下的那些人，他们不甘心在联合国的失败，会千方百计地阻挠和破坏你们代表团的活动。在这部分人当中，还有少数是中共革命对象的后代，他们对共产党有深仇大恨，盼望着中共垮台，盼望着台湾反攻大陆，消灭中共。

一部分是不明真相的人。这些人居多，他们大多生在美国，不了解中国，不懂中文，受的是美国教育，听到的是美国的宣传。这是一批受骗上当的年轻人，他们求知欲、好奇心都很强。他们一旦了解到真相，观念上的变化也会很快。与其说他们去机场示威，还不如说他们去机场看热闹。

还有一部分人是用钱雇来的。这些人经济拮据、生活困难，参加示威，可以赚钱。他们拿到钱后，不问真相，不管目的，不知深浅，随大溜骂几声，转身就走，不计后果，不负责任。

这位老华侨对我谈的情况，对我们了解纽约情况大有裨益。

第五章

联大发言：有惊无险

联合国礼宾司司长对中国比较友好，在我们抵达纽约的第三天，他就安排乔冠华等人去拜会26届联大主席、印度尼西亚外长马利克。

马利克在主持这届大会的过程中，充分显示了他的外交才能，机智、得体地通过了一个多年没有通过的恢复中华人民共和国合法席位的议案。他为联合国历史添上了十分光辉的一笔。

马利克还是一位在国际社会中颇有影响力的人物。中国代表团团长抵达纽约之后，要拜会的第一个人就是他。

在会见中，乔冠华感谢马利克主持大会、通过决议、恢复中华人民共和国的合法席位，这是一件大事。马利克的努力，是对中国的莫大支持。乔冠华还表示，中国作为安理会常任理事国，将遵照联合国宪章，为世界和平做出贡献。马利克向乔冠华表示，欢迎中国代表团的到来，这将有助于加强联合国的工作。

经与联合国礼宾司司长商定，11 月 15 日上午 10 点半，中华人民共和国代表团主要成员将在礼宾司司长的引导下进入联合国会议大厅就座。

联大会场长啥样？

11 月 15 日上午 10 点整，我和几个代表团成员先坐在联合国会议大厅后排顾问席上看热闹。

我在走进大厅之前，只是从书本里、照片上看过大厅的某一个角落，要么是大厅的主席台，要么是大会演讲台，要么是投票表决机器的显示台，但根据这些根本辨别不出联合国大厅是个什么模样。

我走进大厅的一刹那，眼睛一亮，看到的是一座高大的礼堂，雄伟、壮观。

整个大厅像个大剧院，前低后高，呈现一个较大的坡形。

各国代表团的座位从左向右共分六个区域，每个区域十四行。每个国家的代表团不分大小，一律有六个固定的座位（前排三个、后排三个）。每个国家的代表团的座次均按国名的英文字母顺序排列。在大厅的后排和大厅左右两旁有几排顾问的座席。

大厅的正前方有一个宽大的主席台。

主席台的背景，也就是后墙壁，是由深绿色的大理石砌成，十分壮观。在主席台正中摆了一个长条桌，桌后有三把椅子。

居中的椅子是大会主席的座位，左右的椅子是秘书长和主管副秘书长的位置。

主席台后，左前方有一个用黑色大理石砌成的演讲台。

在主席台左右两面墙上设有表决显示牌。显示牌上列有联合国各会员国的国名，在国名的右面有绿、红、黄三色显示各国代表的表决态度，是赞成、是反对，还是弃权，一目了然。

而在每个国家代表团座位前的桌子上，设有一个表决器。需要表决时，代表在座位上，根据自己的选择按电钮就可以。

在各国代表团的座位以及顾问的座位上都设有耳机，可以听到大会用中、英、法、俄、西班牙和阿拉伯六种语言进行的同声传译。

大会翻译人员和摄影记者的办公室均设在大厅两边的二楼上，他们在二楼办公室通过宽大的玻璃窗可以看到会场的全景，可以看到讲台发言人的每个动作和表情，可以紧跟着发言人的语句，准确地做好同声传译。

这一世界级的多功能大厅，让我大开眼界，知道了许多书本上读不到的东西。

这天，以乔冠华为首的中国代表团正式入席，因而联合国大厅里座无虚席。据我出席五次联大（第26届至第29届大会和第六次特别会议）的观察，出席这天大会的踊跃程度是空前的，几乎各国代表团的代表都来了。

平时，大厅的座位上常常是稀稀拉拉坐不满。特别是在一般性辩论期间，许多国家的代表不一定天天出席。有时，大厅里出席会议的人，像旱地里的麦苗似的，稀稀拉拉，总共也不过几十人。这倒不是说不出席的国家代表对大会的发言不感兴趣，而是他们可以拿到大会秘书处印发的大会发言资料。也就是说，不出席会议，也可以读到各国发言的全文。而上台发言的代表也不计较在大厅里有多少听众，走上台来，照讲不误，事后他的讲稿会以六种文字向外发送。

而今天则全然不同，上午十点就已经爆满。来出席这天大会的人都要看看中共的代表是青面獠牙、奇形怪状，还是风度翩翩、潇洒倜傥；其发言是"高"调的，还是"低"调的，是有血有肉，还是平淡乏味。

当然，大厅在座的代表中，仍有不少人会以藐视的眼光来看待中国代表，甚至有人期望中国代表在联合国撞墙，希望乔冠华团长在多边活动中撞得头破血流；也有不少人是以看热闹的心态，来窥探中国代表团成员的言行举止。然而，大部分联合国代表团团长都怀着胜利的喜悦和友好心态，欢迎中国代表团庄严地走进会场，而且还要抢机会和乔冠华握手，表示祝贺和讲几句友好祝愿的话。

乔冠华成明星

当我面对大厅想得出神的时候，大会主席马利克宣布：现在大会一般性辩论暂停，让我们欢迎中华人民共和国代表团出席第 26 届联合国大会。

会场气氛顿时热闹起来，各国代表的双眼都盯在了主席台左面的大厅入口处。

为首的乔冠华，颀长的身躯，身穿黑色中山装，高高的鼻梁上架着一副眼镜，风度翩翩、大大方方地在联合国礼宾司司长的引导下走进大厅，又缓缓走到注有"中国"标牌的座位前，准备就座。此时，许多友好国家的代表团团长不顾会场秩序，一拥而上，要和乔冠华握手祝贺。于是，在乔冠华座位旁边的过道上，来祝贺的人很自然地排成了一个长队，一个挨着一个，井井有条。各国团长向乔冠华先报名、后祝贺，还要说上一两句祝愿的话。

这一动人的场面，使我们代表团所有成员深为感动。

刹那间，乔冠华已成为大厅的中心、联合国的明星。这也充分显示了中国在世界各国心目中的良好形象，显示了中国在国际上举足轻重的地位。

当大会主席宣布继续开会时，在乔冠华面前争相握手的人仍不见少，只是握手快了些、话少了些、声音低了些。

在大厅气氛稍微安静一些后，大会主席马利克讲了一段对中国代表团到来的欢迎词。他说："今天上午，中华人民共和国代表团第一次在联合国大会就座。作为大会主席，我很高兴地欢迎这个代表团。这是一个具有历史意义的时刻，中华人民共和国现在开始参加世界这个主要的政府间组织的工作。毫无疑问，由于中华人民共和国参加工作，联合国的工作成效将得到加强。"

在马利克致辞的带动下，各国代表团团长纷纷报名上台发言，向中国代表团表示欢迎，为刚刚就座的中国代表团团长鼓气、壮胆。这次原定的一般性辩论会，基本上变成了欢迎中国代表团的会议。

我想，面对此情此景，我们必须保持冷静，必须要看到在一片欢呼声的背后，美、苏两个超级大国还在虎视眈眈地盯着我们。这两个超级大国多年以来在联合国称王称霸，今天岂能容忍中国与他们平起平坐。

但万万没想到，美国代表乔治·布什也上台说了一段得体的话。他说："任何人都不能回避这样一个事实，联合国投票的结果，实际上确实代表了大多数联合国成员的愿望。中华人民共和国参加联合国的历史时刻来到了！"

乔治·布什的话虽然不多，但分量很重，给我留下的印象很不错。

当年的乔治·布什是位非常漂亮的年轻帅哥，他个头高高的，鼻梁挺挺的，面孔白白的，一身黑西装，红花的领带，温文尔雅，比他的儿子小布什漂亮多了。虽说当年的老布什和当今的小布什在相貌上有些差距，但二人当总统的基因是一样的。

当年乔治·布什讲的这几句话，虽然很短，但毕竟是一个高级外交官代表美国政府说出的一句肯定中华人民共和国的话，是一句美国人民想说的话，代表美国就美中关系朝着与以往不同的方向走出了第一步。

乔治·布什的这句话说得好，具有深远的历史意义，既看不出有什么勉为其难之处，也看不出有什么人云亦云的味道，而是恰到好处地肯定了联合国该次决议的通过是历史的重要时刻。因此，人们认为，乔治·布什的这一简短讲话，在他的外交生涯中，为自己赢得了不小的声誉。

以色列代表团团长不便在大会上向中国致意，却在一个十分巧妙的机会私下和乔冠华说："我对中国有着极为特殊的感情，因为我的祖父和父亲都是在中国长大的。他们都是中国培养成人的！"

乔冠华听后，很感兴趣，当即说："不错，在中国确实有很多以色列人。我很高兴在这里认识你。但中国人要和平，这是中国人的文明传统。这一点，希望能在你身上有所反映。"

联合国这天的大会开得很成功。据大会秘书处当天的统计，这天上台发言的活跃程度打破了近年来大会发言的纪录，一天下来竟有 57 个国家的代表发言。有的代表已报了名，却由于时间原因没被安排上台发言，大会秘书处只好将他们的欢迎词和对中国的良好祝愿印成文件，次日分发，以不辜负这些国家对中国欢迎的诚意。

评论界说，联合国各国代表对中国代表团的友好致辞和表示美好祝愿的热情是空前的，大会出席人数之多、气氛之热烈，也是几年来十分罕见的。

媒体和评论家们能撰写出如此美好而又中肯的评论，其中有个十分重要的因素是，乔冠华在当天下午上台做了一个精彩的演说。

可待因帮大忙

中午，中国代表团几十人聚在餐厅吃饭，大家都很开心，情绪很高，个个都迫不及待地表达自己的感受。有的人在会场上亲眼看到了这一令人激动的时刻，有的人在电视里看到乔冠华入座的风采。大家都认为：这一天是中国人扬眉吐气的日子，是中国外交史上的一个重大节日。

乔冠华的午饭是在自己的客厅里吃的，他得知代表团各位的兴奋情绪，自己也觉得挺高兴、挺自豪。但他意识到，他这次在联大亮相，为祖国赢得了声誉，只不过是在前方完成了一项外交使命，对自己的评价不敢过分。他不敢忘记毛主席的指示、周总理的嘱咐和叶剑英元帅的耳提面命，更不敢忽略祖国的期望、人民的期望。而且他深知，面前的一切，不会那么轻松。乔冠华当时说："这只是第一步，日子还长着呢，路还远着呢，面对的新事物会更多。"当时，乔冠华还讲了这么一句话，他说："今天这一步走对了，具体体现了毛主席调动全局的雄才大略。"接着乔冠华自言自语地说："下午该我们上台啦！"

下午两点，我到乔冠华的会客室，发现他坐在那里在想什么。我忙问："睡了吗？""睡了，睡得挺好！"

接着我说："今天下午可看你的了。"

乔冠华说："念稿子有什么难。我别的不担心，只怕在发言的时候，突然犯咳嗽，一咳就没完没了！"

我忙说："我给你一片药吃，保证你一整个下午不会咳的。"

乔冠华问："什么药？"

"可待因。"

乔冠华又问："管用吗？"

我肯定地告诉他："保证有用！"

"快给我吃！"

当时，我向乔冠华解释了几句，我说："这药片吃下去，很快就会使你的气管扩张，也会使你的血管稍微收缩。你的心脏没有问题，只要能使气管扩张，不咳嗽就行了。这种药随团的郭普远大夫（北京医院负责人）也没有。怎么弄来的，以后告诉你。"乔冠华说："对，你是学医的！"我说："唬你还可以。"

乔冠华二话没说，接过药片，放到嘴里，用水吞了下去。

乔冠华为什么突然怕咳嗽？可待因又从何而来？

龚澎去世后，乔冠华的情绪一直十分低落。那段时间他工作多，既要主持和苏联代表的边界谈判，又要主管美国事务，安排基辛格的秘密访华，难得休息，导致体力不支。约在1970年年底他犯了严重肺病，经常吐血。他在301医院住了一阵，略有好转。出院之后，他又投入紧张的工作。他的咳血，虽然用药已经控制住了，但有时仍会咳个不停。

来纽约之前，我很担心乔冠华突然犯病咳嗽不止。当时，除了糖浆之外，没有什么持久止咳的特效药。为了避免在紧要关头由于咳嗽出洋相，给人造成一个"东亚病夫"的印象，我这才想到给他弄几片扩张气管的药。

我给政治部周耀东同志打了个电话，告其原委，请他帮助找几片可待因。这是一种麻醉剂，由吗啡合成。这种药北京医院没有，当然也可能是不想给。我说如有可能，请你在我们出发前搞到两三片即可。

不到三天，周耀东给我搞到了三瓶可待因，他解释说："北京医院没有此药。这三瓶是经过卫生部特批，现从药库里取出来的。卫生部真合作，听说是乔冠华需要，就全力协助。"

结果，我只给乔冠华吃了一片可待因，就帮了一个大忙。

乔冠华吃下这片药之后，也不知是药物作用，还是他自己的精神作用，轻松极了，他站起身来自言自语道："这样我就放心了，万无一失，不会发生意外了！"

乔冠华提议出发。他说："现在走吧，早些去。今天是我们第一次到会，大厅里多少眼睛都在盯着我们。"

当乔冠华走出客厅，也不知什么通信系统在起作用，所有陪同乔冠华的保镖都行动了起来。当我们走向电梯时，中厅的警官立即站起来向乔冠华致意；当我们到一层走出电梯时，发现两个保镖在等着乔冠华，另外两名保镖在旅馆大厅挡住旅客，护卫着乔冠华向大门走去。四名保镖一言不发，严肃认真，似乎担心周围有什么不速之客，弄得气氛比较紧张。

乔冠华走出旅馆，四名保镖飞快地分乘前卫车和后卫车。乔冠华刚刚坐好，霸王车立刻就离开了旅馆。这一紧张而有趣的场面，如同"007系列"的警戒镜头，安排得十分紧凑，令人佩服。

当乔冠华走进联合国大厅时，中国代表团礼宾官徐炘熹立即迎上来问我："乔部长休息好了吗？"乔冠华在前面底气十足地回答："好极了！"

在我们进入大厅前，我向徐炘熹提出了一个要求："可不可以向大会有关部门提出，在乔部长发言时，在他的面前摆上一杯冷水，以备急需。"乔冠华在前面听到我这个要求，但没吭声。徐炘熹说："这里恐怕没有这个习惯。"

当乔冠华在座位上坐定，我在顾问席和徐炘熹又说了一句给乔冠华送杯冷水的事。徐炘熹很为难地说："我们中国人发言有喝水的习惯，外国人没有这个习惯，担心提出来，人家会很奇怪，真有点儿不好意思。"我仍坚持说："他吐过血，有肺病，话说多了要喝水，问问看，实在不行也就算了，别让人家不高兴。"

徐炘熹和大会秘书处说了，他们也有些为难，都不知该怎么办。我向徐炘熹表示，没关系，已经跟他们说了，就行了。

下午三点四十分左右，大会主席马利克宣布，请中国代表团团长乔冠华先生发言，会场上顿时鸦雀无声。

全场所有的目光全都锁定在中国座席上，盯着乔冠华的一举一动。此时此刻的乔冠华不仅是联合国大厅中注目的对象，也是世界各国关注的对象。

据现场观察，大厅里多数国家代表是发自内心地为中国的胜利欢呼，正是他们在这个大厅里坚持不懈的奋斗，才使中国代表以安理会常任理事国的身份走上联合国的这个大讲台。此时此刻，他们，特别是那些非洲朋友能不亢奋吗?！

也有不少国家的代表在观望，他们要看看中国代表在联合国的讲台上讲点儿什么，以便下决心进一步推动和中国的双边关系。

也有一些国家代表看不起中国，对中国代表能否在联合国玩得转持怀疑态度。例如苏联代表马立克就会抱着看笑话的态度对待我们。

有一次，马立克和乔冠华在走廊偶遇，马立克对乔冠华说："这就是联合国！"意思是，联合国这里的新玩意儿、议案、程序，你懂吗？一种充满了讥讽的口气。乔冠华当时看了他一眼，没吭声。过后，乔冠华对我说："这小子太狂了！走着瞧吧！"

与会的人目送乔冠华一步步走上讲台，顿时，会场上爆发出热烈的掌声。

这时，乔冠华从口袋里拿出了讲话稿，然后很恭敬地向台下点头示意，会场上又响起了热烈的掌声。

正当大厅里热烈鼓掌的时候，我看到一位女职员拿了一杯冷水送到了乔冠华发言的讲台上。乔冠华立即略微抬了抬手向送水的人致谢。

掌声停下来的时候，乔冠华打开讲稿，还没发言，先拿起杯子喝了一口水。这是乔冠华的习惯。这一口水他喝得很自然，似乎这口水会让他的神经更镇静，情绪更平和。乔冠华回过头来，先对大会主席点头致意，说了声"主席先生"，然后开始宣读这篇具有历史意义的讲话稿。

这篇讲话稿的内容于次日见报，这里不再重复。

我在会场上最感兴趣的是，乔冠华在台上发言时的气度和各国代表的反应。这些东西值得回味，值得传告后人。

乔冠华在讲台上容光焕发，活力十足，自信、自豪。谁也看不出这位容光焕发的乔冠华，几个月前还在吐血，还躺在301医院的病床上。前不久，痰中虽已不再有血丝，但咳嗽从没停过。出院之后，他由于工作需要，不得不和健康人一样，积极投入工作：周恩来调他到人民大会堂，协助执笔第四届全国人民代表大会的发言稿；基辛格秘密访华有关工作，也需要乔冠华在外交部主持；接着毛主席又点名由乔冠华率团出席第26届联合国大会。就这样，乔冠华跑前跑后，情绪饱满地坚持下来，已经很不错了。

乔冠华一句一句地念发言稿，流畅自如，每个字的运用，每句话的安排，都表达了中国人的情感，真实感人。

乔冠华在发言中，依旧狠批美帝和苏修两个超级大国的霸权主义行径。他骂得痛快，慷慨激昂，铿锵有力，语惊四座。

在场的美国代表乔治·布什态度镇静，任凭批判，不动声色，十足政治家的风度。

苏联代表马立克则不然，有些坐不住了，他在座位上和他的伙伴们不断交头接耳，似乎这口挨批的闷气，有些咽不下去。

乔冠华在发言中讲到世界各国人民的和平期望和不可抗拒的历史潮流时，他口气婉转，和风细雨，推心置腹。在场大部分听众无不心悦诚服、拍手称快。

乔冠华讲完之后，从容地走下讲台，回到自己的座位。乔冠华还没有坐稳，一些友好国家的代表团团长就纷纷到他的座位旁和他握手致意，还说上两句赞美的话。来握手的人越来越多，便自动地在中国代表团座位旁边排成了长队，谁都不肯错过和乔冠华握手致意的机会。这一空前的盛况，又给全场留下了难忘的印象。

病愈不久的乔冠华，在讲台上以最佳状态发表了这一长篇演讲，又在台下以最热情的姿态接受各国代表的祝贺和称赞。一个多小时的紧张之后，虽然表面上还是那么精力充沛，但实际上他已经有些难以支撑了。

乔冠华和其他中国代表打过招呼后，起身走出了大厅，打算到大厅外面休息厅放松一下。我和邢松鹤也从大厅走了出来。我们问乔冠华："怎么样？"乔冠华回答得很干脆："没问题！"接着我们讨论了一番会场情况。乔冠华很高兴，一种成就感油然而生，他自言自语地说："咱们这台戏算是开始了！"

当时，不记得怎么聊起乔冠华发言前为什么先喝了一口水。我开玩笑说："他把冷水当茅台了！"

乔冠华笑得很开心，他说："有水就喝，挺好喝的。不能让人家白送水。"

我们三人在休息厅说说笑笑的时候，中国代表团一成员匆匆从大厅出来，对乔冠华说："现在苏联代表上台对老乔的发言进行批驳，你还得准备上台答辩！"乔冠华说："你们听他讲些什么，看看是否需要答辩，你们商量着办。"

一杯冷水解围

乔冠华在讲台上这一口水喝得好，喝出了一段故事。

乔冠华上台前，我通过礼宾官向大会秘书处提出要求，给乔冠华送杯水，也不知对外这样做对不对，心里没有底，一直犯嘀咕：大会秘书处会不会认为中国代表团搞特殊，给联合国出难题？

难就难在联合国几十年来就没有提供饮料的先例。如果开此先例，必然会出现今天张三要求提供软饮料，明天李四要求提供咖啡的局面。这样下去，就难以把一碗水端平，难免顾此失彼。

就我们内部来说，要求联合国提供饮料一事，也是一个不大不小的冒险行动。

国内正值"文革"，许多人都十分谨慎，特别是那些被造反派盯上的对象，时时处处都在夹着尾巴做人。乔冠华是外交部造反派要打倒的顶尖人物，在他们看来，今天是毛主席、周总理派他到纽约执行光荣的革命任务的，而不是让他出国摆谱的。

造反派会说，干革命就要一不怕苦、二不怕死，要不畏艰苦；在完成革命任务的时候，生命都可以置之度外，渴一点儿有什么了不起，你乔冠华还摆出当老爷的派头，硬要人家破例递水。轻者，会给乔冠华扣上一顶"故态复萌"的大帽子，跑到联合国大搞特殊化，非把乔冠华打翻在地，再踏上千万只脚；重者，还会跳出某些不知情、敢说话的好汉，借题发挥搞出点儿什么"惊天动地"的大"手术"来。

我当时想得很简单。当徐炘熹表示有些为难的时候，我仍然没有松口。我脑了里想的是，万一乔冠华的旧病复发，台上又没有水，大咳不止，甚至很难继续演讲下去，势必会造成不利的后果，会成世界性的大笑柄。尽管乔冠华服了一片可待因，但效果如何，没有把握。如果在乔冠华面前有杯水，就更保险了。

万一此事出现不好的结果，责任在我，我不会推诿。

当我看到大会工作人员趁会场上鼓掌的时候，把一杯水放在了乔冠华的面前，我内心踏实了。

特别是看到乔冠华在开讲前，先拿起杯子喝了一口，这个动作很妙，客观上肯定了这杯水没白送。乔冠华的这一小小的动作，我很了解，也很赏识。这也是乔冠华的聪明之处。事后我对乔冠华说："你第一口水喝得妙，喝出了水平，喝出了中国人的礼貌。"

事后，我在想，开会一杯茶，待客一杯水，这不仅是中华民族的习惯，许多国家也有这个习惯。

而联合国没有提供一杯水的习惯。听会的人或出席小会的人，可以中途离开座位，到咖啡厅喝水解渴。然而主持会议的人或在讲台上发言的人，就不好办了。

当然，我也退一步想过，联合国几十年不提供饮料，一定有其深层的理由和考虑，只是我猜不透。

我没想到的是，在大会给乔冠华送上一杯冷水之后，联合国便开始了一个新的、深受欢迎的做法，不仅在大会讲台上提供冷水，在安理会开会的时候也提供冷水。

几十年过去了，联合国提供冷水一事，已形成习惯，而且大有改进，不仅提供冷水，还在冷水中加上适量的冰块。喝上一口，既解渴，又消暑，还提神。

在联合国大会上，各国代表上台发言时，都代表各自国家、各自民族的利益。他们发起言来，有时讲得缓和，和风细雨，娓娓动听，但有时讲到义愤处就会大声疾呼、慷慨激昂。这样一来，不免会心火上升，口干舌燥。这时，如果他能顺手从台上拿起一杯冷水，喝上一口，就可以达到消消火、润润肺的功效。特别是在安理会开会的时候，能有一杯水，对各国代表说来，未尝不是一件好事。

安理会是联合国的重要部门，它在维护国际和平和安全方面负有主要责任。这个机构由常任理事国和非常任理事国组成。安理会主席则由理事国依国名的英文字母顺序按月轮流担任。开会协商的议题均涉及各国的切身利益。因此，安理会开会的时候，在一些重大问题上，当事国往往针锋相对，争论不休。有时，他们会争得面红耳赤，肝火上升，因而在他们面前有一杯冷水，就显得更为重要了。

几十年过去了，今天已很少有人知道安理会和大会讲台上供水的来由，很少有人会想到联合国这个实用而受欢迎的做法，是从中国代表团开始的。

都是冰水惹的祸

冰水好喝，消暑解渴，但喝得过量，也会憋得难受。有一次在安理会上，就发生过喝冰水过量的趣事。

联合国工作人员给安理会提供冰水，十分认真，十分周到。开会之前，工作人员在每个首席代表的席位上摆上一个漂亮的玻璃杯，杯里斟上带有冰块的冷水。在开会中间，工作人员也会根据需要，不断地给各国首席代表斟满冰水，或一杯一杯地提供，保证代表不断地有水喝，以期各国代表精神饱满地把会开好。

有一次安理会开会，主持会议的是某国首席代表，议题是研究关于核大国提供安全保障问题。这个议题很大很难，容易扯皮，不是三言两语就可以定案的，会议时间很长。

那天天气炎热，令人难耐。安理会大厅的空调虽然很好，但如此马拉松式的会议，免不了人人都要多喝几杯冰水。

轮值的安理会主席聚精会神地主持会议，忽略了节制喝水，喝得有些过量。于是他个人的紧急情况变得越来越严重，甚至有些难耐。

如果不是他在主持会议，他早就自由自在地溜出会场去方便一下。可那天的会议开得很不顺畅，他不便放下会议一个人跑出去，怎么办？

这位聪明的主席急中生智，突然在会上宣布："会议因'技术性原因'休会五分钟。"

对此，各国代表很是疑惑，不知究竟。到底是什么技术原因，谁也弄不清。可大家都很想把"技术原因"弄清楚，是安理会主席有要事需要到会场之外进行个别接触，还是有什么疑难问题需要主席到场外去查询？可这些事都不是在五分钟内可以办完的。那么，主席利用这五分钟到底是干什么去了？有几位聪明的代表恍然大悟，彼此点点头，心领神会：这是出自人道主义的"技术原因"。

第六章

斗争：得道多助

世人皆知，长期以来，安理会被大国所操纵，要么是美国，要么是苏美两国，他们的代表凭借安理会常任理事国的特权，把持着安理会的活动，无视安理会的工作程序，以大欺小、以强凌弱，致使安理会有时变成了他们的表决机器。此风不整，难孚众望。

二十多年来，超级大国操纵联合国，坚持反华、排华，从没中断。

中美关系在1971年出现了转缓的端倪，基辛格秘密来华。但美国操纵联合国安理会的状况是否会有变化，一时还看不准，有待中国代表团在安理会的现场，身临其境地去观察。

苏联的对华政策在一年多的时间里虽然也略有变化，开始了边界谈判，但在中国北部边境，苏联还是对中国虎视眈眈，磨刀霍霍。

反对大国操纵安理会，反对违背联合国宪章的大国霸权主义行径，是中国的一贯主张。

在这一原则指导下，代表团虽然不会一进安理会的大门就像好斗的公鸡，跟人家大闹，打打杀杀，但在一定情况下，面对大国操纵安理会的行径，也绝对不会唯唯诺诺，随波逐流。

所谓"在一定情况下"，就是要靠代表团团长机智地、有的放矢地、适度地、不失时机地在现场灵活把握。

乔冠华当时对我说："来联合国一次，不能只发个言就走人，其他事都交给别人去干。如果发现联合国的弊端，特别是大国破坏联合国宪章的行为，我们不能置若罔闻，必须及时表明我们的立场，不能让这类行为文过饰非，得过且过。我们该说的说，决不妥协；该让的让，决不含糊。正如毛主席嘱咐的，'看准了的，该说就说'，不必左顾右盼。"他还说："你们对的，我就说'是'，你们不对的，我就说'不'，不会有像鲁迅说的'奴颜媚骨'。这一点，毛主席给我的回旋余地很大。"

乔冠华大闹安理会

有一次，乔冠华出席安理会会议。

开会中间，出现了一个大国操纵安理会的事件，严重破坏了会议的有关原则规定，这可把乔冠华惹急了。

这次事件，是苏联代表马立克和安理会时任主席商定，悍然剥夺中国代表乔冠华的发言权，这显然是一次大国操纵安理会的霸权主义行径。此事不仅使中国代表愤慨，就连主持会议的主席也觉得理亏。

那天，安理会会议是要协商解决中东地区的武装冲突。这本来是一个正常的会议，打算通过协商，达成一个各方都能接受的决议，呼吁尽早结束该地区的战争状态。然而，会议却开得十分霸道。

苏、美两个超级大国的代表无视中国和其他安理会理事国的存在，在开会之前，经理事会主席同意，拿出了一个中东问题的决议草案，还征得了联合国秘书长的默许，然后就要提交安理会举手表决通过。而且还商定，在通过这一决议时，不必再征求其他安理会成员国代表的意见，也不必让其他理事国代表发言，立即举手通过就算定案。

安理会这种通过决议的做法——从决议案的提出，到直接拿到会上举手通过，不容许任何理事国代表发表意见的全过程——是一个典型的大国说了算的表决方式，确实体现了超级大国把安理会当成他们两家表决机器的霸道作风。对此，稍有正义感、稍有爱国精神的代表都会拍案而起，表示不满，要为自己国家应有的权利发声。

当时，我坐在顾问席上，虽然看不到最后的决议草案文本，却也感觉到会议的气氛有些怪怪的，也不知乔冠华事先准备的几句话什么时候讲。

就在这令人有些透不过气来的关键时刻，乔冠华又看了一遍决议草案，认为决议案内容有很大的妥协性，不能同意，但考虑到当事国的态度，也不便提出反对或否决意见，只想在通过决议之前发个言，讲讲中国对中东问题的原则立场，并对决议中某些妥协性内容提出自己的看法。

乔冠华对文字的推敲，有他的独到之处。任何不利于发展中国家民族利益的文字，他都不会放过。这是他多年和文字打交道中所积累的语言敏感才能。

正当安理会主席提出要举手表决的时候，乔冠华向主席提出要发言。

这时，安理会主席还没说什么，苏联代表马立克却抢先发言说："这是安理会的程序问题，我们已经商量好了，这个决议草案可以直接表决，安理会各国代表不必发言。现在中国代表提出要发言是不合适的，不能采纳。"

苏联代表马立克俨然以安理会中的"老大"自居，口气又酸又辣，又冲又硬，一派主宰天下的霸主的姿态。

马立克万万没想到，他的发威，不仅没把乔冠华镇住，反倒引起了乔冠华的极大不满。

乔冠华根据联合国宪章原则，以安理会常任理事国的身份，对大国破坏安理会表决程序表示不满，并提出抗议。乔冠华说："我抗议！我在安理会要求发言，是履行中华人民共和国作为安理会常任理事国的正当权利，任何人都不能剥夺。"

乔冠华的抗议合理、合法，理直气壮，无可挑剔，引起的震动也不小，就连美苏的代表也都被震得目瞪口呆。这可是安理会有史以来很少发生的事情。

多少年来，有谁敢在安理会上向大国提出抗议？有谁敢对大国操纵会场说个"不"字？

安理会主席也不知道这个会议应该怎么往下开。无可非议，中国代表的要求合情合理，不准常任理事国发言是违章的。怎么办？中东问题的决议也不能吊在那里不管。他感到很尴尬，感到没有面子。

超级大国代表也觉得此事事先没沟通好，有些理亏。他们虽然心里有些不服气，却也没有理由反对乔冠华的抗议。

各理事国代表没有谁会说乔冠华的指责无理、乔冠华的抗议无理，都在交头接耳，一阵哗然。

事后我们得知，安理会各理事国的反应是：大部分代表认为苏联马立克的处理方式太生硬，不让常任理事国代表发言是错的。有人说，是安理会主席没协调好；有人说，今后超级大国主宰安理会的日子不多了。

这么一折腾，会议也难收场了。

一心想把安理会会议开好的主席也感觉到中国代表讲得有理，所提抗议也没出格，不能不听。况且，这次通过决议的程序确有不周之处。中国要求发言是正当的，不允许中国发言是没有道理的。面对安理会出现的混乱局面，他再强调尽快通过中东问题的决议已不现实，也不合适，需要在会下进一步磋商和协调，俟条件成熟时再拿到会上通过。

于是，安理会主席随即宣布：安理会暂时休会，下午再接着开会。

各国代表正在离开会场时，安理会主席走到乔冠华的座位旁说："请乔先生到我的办公室来。我们商量一下，下午这个会应该怎么开。"

乔冠华二话没说，站起身来，跟着安理会主席去了他的办公室。

那天中午，乔冠华在代表团驻地很得意地对我说："安理会的不正之风，不改不行。什么都是大国说了算，还要联合国干什么？"我说了句："给安理会整整风，真妙！"

乔冠华接着说："说实在的，这位主席挺不错，还比较合作。我说不准别人发言就举手通过决议是不严肃的，必须纠正，他也赞成。他跟我说，下午开会，听取各国代表发言后，再举手表决。开会时，让我第一个发言，我当然赞成。午饭后，我要修改一下原定的发言稿，再加上几句。"

中午改稿子，时间不长，效率蛮高。乔冠华在原稿上加了几句，以马立克为靶子，对安理会大国说了算的行为进行了指责，而在文字上依然是和风细雨，用词谨慎、朴实，讲道理、讲原则，有讽刺，也有挖苦，让马立克听了无话可说，让其他人听了也觉得乔冠华抓住了要害。

改稿时，乔冠华还口述了这么一句："你马立克强奸民意！"这一句会把马立克气个半死。当时，我在旁说了句："'强奸'一词不雅，翻成外文说不定会出笑柄。"乔冠华也笑了，他说："好，换个方式。"

下午，安理会准时开会。

我们走进安理会会场，一看，这次到会的人出奇地多，座无虚席。似乎各理事国的代表及其助手都来了。

我估计，安理会各国代表都想到会看看下午这台戏怎么唱。有的人是要看看中国代表如何触动安理会长期形成的弊端，有的人是要听听中国代表就中东问题的发言，也有的人到会是为了"坐山观虎斗"。

安理会主席准时宣布下午开会的程序，接着他说："现在就中东战争的决议听取各国代表的意见，请中华人民共和国代表团团长乔冠华先生发言。"

不言而喻，安理会主席的这句话，是他与有关方面协调后的决定，有一定的权威性。

这一决定已经将上午马立克那一套大国的做法给否定了。

马立克坐在那里，自然心里很不爽。他已背上了操纵安理会的黑锅，有些按捺不住，又说不出，也不敢贸然跟主席对着干，弄不好会很丢面子。他只能无可奈何地听乔冠华的发言。他不听不行，不理也不行，只能认栽。

这是乔冠华整顿安理会的歪风邪气所赢得的一分。

乔冠华以平和的态度指责马立克："不要急嘛！""你一贯急的毛病怎么还没改？"这句话让马立克暗吃苦果，什么也说不出。不管马立克怎么辩解，都不能自圆其说。这就是乔冠华面对大国忽视小国代表的做法，婉转地提出尖锐的批评，巧妙地压了一下马立克的气焰，长了自己的气势。

关于大国操纵安理会的行为，乔冠华也没绕弯子，一针见血地说，"联合国演变到今天的状况，已到了不能容忍的地步"，大国说了算，"要联合国干什么？"

乔冠华的这一发言，是出于一个安理会常任理事国的责任感，向全世界发出的一个中肯的呼吁，切中要害，有理有力，赢得了各方的赞赏。

"你在联合国搞什么名堂？"

中国代表团来联合国最受关注的，不仅仅是在讲台上的一纸发言，尽管这个发言代表着八亿多人的心声，是一个向全世界人民发表的公告，十分重要；也不仅仅是要处理好大大小小的多边外交事务，尽管这些事务的处理，都要反映中国的对外政策、对外姿态，事事都不能掉以轻心；但是，更重要的是，我们要在联合国树立一个新中国代表所独有的崭新的形象。

乔冠华曾对大家说，这次来联合国和 1950 年那次不同，上次来是骂街的，骂够了就走人，这次是以安理会常任理事国身份来长期工作。因此，为了工作的需要，为了让人家了解我们，我们要在每个工作细节上，以崭新的形象体现出合作、友好的姿态，搞好国际统一战线政策，以突破中国多年被封锁、被孤立、被排挤的不平等局面。

代表团成员都是经过多年磨炼的精英，积累了丰富的外交经验。以崭新的形象来联合国执行这一光荣的使命，人人都有信心。

如何彻底清除国民党代表留下的坏形象，却不是一个立竿见影的事情。因为美、苏的强权政治依然存在；一些国家看不起蒋介石代表的成见依然存在（在中国恢复联合国合法席位之前）；甚至大国不给蒋介石代表一个发言的机会，也都无所谓，这种风气至今仍然隐约可见。要想在这种极为复杂的环境里，从根本上清除奴才外交、金元外交，树起新中国的崭新形象，必须全身心地投入，利用一切机会，一步一步地走。

乔冠华在联大的历次发言和在各委员会上的即席讲话，都体现了一个精神，即以联合国宪章为准绳，以纠正长期陋习为目标，及时提出批评意见。所采取的方式是：以批评求团结，以斗求和。有的问题，以柔克刚，点到为止；有的问题，刚柔并举，留有余地。

27届联大召开期间，乔冠华在安理会上针对超级大国操纵会议的行径，巧妙地以敲山震虎的策略，狠狠地挖苦了一下苏联代表，效果很好。大国霸权的狂劲有所收敛，有关各方也引以为戒。

无独有偶，第二年，又出现了一个忽视中国代表发言权的问题。

这天，乔冠华出席联合国某委员会，也是讨论中东问题。

出席会议的有安理会五个常任理事国代表及阿拉伯国家代表、以色列的代表。

会议开始的时候，进行得还算正常，各国代表纷纷发言。一方是阿拉伯国家代表强烈谴责以色列的武装侵略，一方是以色列反唇相讥。会上的发言，你来我往，唇枪舌剑，各不相让。

会议进行到中间，当事国以及美苏代表也都发了言。这时，中国和以色列也先后报名发言。

主持这次会议的是菲律宾首席代表。也不知这位主席出于什么考虑，在点名先让以色列代表发言后，本应该按报名顺序，请中国代表发言，而他却毫无道理地点名请苏联代表马立克再次发言。

主席不按报名顺序点名发言的做法，把乔冠华惹急了。

乔冠华及时地、慷慨激昂地指责会议主席说："主席，你不公平！你这个主席怎么当的？我报名发言在苏联代表之前，你为什么先让苏联代表发言。你要把会议引向何方？"

这种不尊重中国代表发言的做法，显然是联合国多年来歧视中国人的陋习。不仅引起乔冠华的不满，主持正义的各国代表也都认为主席这样做让人无法理解。

当时，我看到会场上一片哗然，议论纷纷。这个主席也觉得理亏，有些不知所措，很不自然，估计他也不知应该如何向乔冠华解释。

此时此刻的乔冠华认定，这种歧视中国代表的做法不能容忍，也不能就此罢休。既然已经抓到了辫子，而且抓对了，就把它抓到底，直到让有关各方都对中国刮目相看。

乔冠华觉得这样疾呼一声不够劲，为了提倡大小国家一律平等、提倡敢于抗议大国霸占会场的不平等现象，必须加大斥责力度。

于是，乔冠华摘下了耳机，离开了座位，以退场表示对会议的不满。乔冠华一面往外走，一面大声说："我要抗议，我在联合国不止一次碰到这类不公平的待遇，这不是偶然的！"

乔冠华走到门口的时候回过头来，用手指着主席说："你这个主席怎么当的？你在联合国搞什么名堂？为什么剥夺中国的发言权？用意何在？我要去找菲律宾总理评理去！"

这时会议已经开不下去了，许多代表也站了起来，准备离开会场，以表示对中国的支持和对主席主持会议的怀疑。

当时，我陪着乔冠华走出会议厅。

当天，乔冠华在中国代表团驻地对我说："联合国这些不正之风，不改不行。要么我们不来，来了就不能让人家牵着走。要让世人知道，中国人就有一种把尊严看得很重的气质。这就是毛主席说的，要不卑不亢。"

乔冠华几次在联合国，对大国操纵的行为，进行了卓有成效的斗争。为此，乔冠华曾写诗一首：

前年来此射长蛟，

白浪如山意气豪。

去年来此风稍静，

归时但见天山高。

乔冠华险遭暗杀

遭暗杀是出国人员面临的恐怖之最。这种恐怖是否降临，何时降临，很难预料。谁也不敢说暗杀与己无缘。

身处异国他乡，我们在明处，恐怖分子在暗处，无孔不入，防不胜防。每个人必须严格防范，时时注意安全，处处提高警惕，做好应付一切意外的思想准备。

1972年，乔冠华到达纽约之后，常驻代表黄华对乔冠华讲了两天前发生的一个持枪抢劫案。

"地点就在中国代表团驻地对面的公园里，时间是在白天，当时公园里几乎没有什么人。某国驻联合国大使夫妇到公园散步的时候，突然旁边出来一个手持武器的人，用手枪指着大使夫妇说：'不许动，快把你们身上的钱和贵重物品全部交出来，否则就杀了你们。'该大使夫妇只好照办，把自己的钱包、首饰和两块手表全部交给了劫匪。劫匪还搜了大使的身，然后勒令大使，'你们往前走，从前面的门出公园，不准回头，不听话，就立刻打死你们！'"

大使夫妇只好向前走，也不敢回头。等走到公园门口，他们回头一看，什么人影也看不到，劫匪早已逃之夭夭。

黄华讲这个事件的意思，是提醒乔冠华千万要注意个人安全。

这个事件给我留下的印象很深刻。

乔冠华每次去纽约，除了去联合国大厦或出席必要的外交活动，基本上不随便离开代表团驻地。偶尔去公园散步或去书店，都有四名美国保镖陪同，他的安全是万无一失的。

然而，事情就是出人意料。这一年，我们在《华侨报》上看到了一篇报道，说"有人要暗杀乔冠华"，并指出，由于暗杀阴谋暴露，使乔冠华躲过一劫。

这一短文是真是假，无从考证。由于我们身处没有建交的美国，对此报道，只能信其有，不敢信其无，只能提高警惕，注意安全。

为什么有人要暗杀乔冠华？乔冠华只不过是一个在外交部排名较后的副部长，他既不是国家领导人，也不是什么了不起的大人物，怎么就成暗杀对象了？

也许因为，乔冠华是中共一个举足轻重的干将，是一个忠实贯彻毛主席、周总理外交方略的干将。如果说，在战争中中共需要冲锋陷阵的虎将，那么在国际交往中，中共必须有乔冠华这样的外交高手。

乔冠华是个出类拔萃的外交高手。和美国代表谈判，他精明机智，滴水不漏；同苏联代表进行边界谈判，他据理力争，寸土不让。不夸张地说，乔冠华是毛主席对外工作比较放心的高级外交官。一旦需要，毛主席、周总理总会想到把乔冠华推到前台去发挥作用。可以说，乔冠华的职位虽然不高，但他是中共举足轻重的人物。

因此，乔冠华被声名狼藉的国民党顽固派看成是一个不拔不足以解恨的眼中钉、肉中刺。

国民党前驻纽约总领馆的特务组织命令一个化名"李麦克"的人行刺乔冠华。

李麦克50多岁，除了长得粗犷，表面上和一般人没什么两样。实际上他是一个国民党谍报机关的海外特工暗杀小组的成员，是个职业杀手。

1967年，李麦克刚从学校毕业，就参加了台湾"中国航运公司"船训班，他听说美国是个赚钱的好地方，就动心了。一次，趁公司的船驶往纽约，他便趁机上了船。

一天，李麦克在纽约的餐馆吃饭，碰上了一个台北老乡。台北老乡见李麦克是个生人，便与他搭起话来。他问："你是台湾来的吧？"李麦克答称："是的啊，听口音，咱们是老乡。"

"我猜你一定是跳船下来的，身上没钱吧。这是20美元，你先拿去用吧，以后好些了，再把这20美元送给其他刚来美国求生的中国人吧！"

这位"好心人"把钱交给了李麦克后，就离开了餐厅。

从此，这位"好心人"便成了李麦克心目中的救星、善人、可信的人。

李麦克经过一夜的思索，认为自己已经时来运转。他把与"好心人"相遇看成是"天意"，既然上天为他送来个"好心人"，他就应该去找到"好心人"，投靠"好心人"。

说也怪，第二天李麦克在一个偶然的机会，又碰上了这位"好心人"。

两人第二次相遇，如同久别的知己，彼此都觉得相识恨晚。

其实，这位"好心人"就是台湾驻美国的特务骨干。

李麦克主动向"好心人"献殷勤，"好心人"则顺手把李拉上了贼船。

在这位"好心人"的安排下，李麦克参加了台湾谍报机关在海外的特工暗杀小组。

李麦克被安排在化名为"家庭"的特工组织里，受过100种杀人技巧的训练。这些暗杀小组的人，杀人极少用刀枪，而是"就地取材"，不留痕迹。

经过一段时间的杀手密训后，李麦克很快就成了杀人高手。他在回到"家庭"特工组织后，司职外勤行动，即暗杀行动的狙击手。

由于李麦克表现好、枪法准，老大十分器重他。老大交代他动手要快，能下手的，绝不犹豫，要准确无误，不留痕迹；不能下手的，不可鲁莽，等待时机，切不可马马虎虎地暴露身份。

李麦克第一次执行暗杀任务是在夜里，杀了一位纽约大学的教授。第二天，美国电视新闻播报说：一位美籍华裔大学教授，今天上午10时被邻居发现一家三口死在床上，屋内一片狼藉。美国警方初步侦察结果，认为是一桩抢劫杀人案。

这天，"家庭"老大接到上级命令，要刺杀来纽约的乔冠华，目的是将刚融冰转暖的中美关系扼杀在摇篮里。

这次暗杀行动就由李麦克执行。

但是，出乎杀手意料的是，乔冠华来纽约之前，李麦克的暗杀计划已被中国有关部门掌握，及时向美方做了通报。于是美方也加大了对中国代表团的安全保卫工作。所以，台湾特务部门在纽约暗杀乔冠华的阴谋，难以实施。

殊不知，中美关系的改善，是两国元首坚定的战略方针，是经过一番酝酿、水到渠成的。这是大势所趋，是历史的必然，岂能被台湾特务的一个暗杀阴谋所改变。台湾国民党顽固派特务的小动作，实在可悲、可怜、可笑。

代表团成员被害身亡

1972 年，外交部乔冠华办公室突然收到中国驻联合国代表团发来的急电：代表团工作人员王锡昌猝死，可能是突发病症，考虑到尸体不宜久存，建议尽快火化。

王锡昌是个很能干的年轻人，1962 年，仅 16 岁的他就已经参加工作，成为天津河北区中山路回民饮食店的一名工作人员。当时的饮食店都是国营单位。由于在工作中表现好，勤奋肯干，得到同事和领导的好评。

不久，组织上推荐王锡昌作为餐饮服务员到北京参加国庆招待会的服务工作。这次调动，对王锡昌说来，是一个极好的锻炼和提高的机会。

国庆活动之后，由于王锡昌的工作十分出色，又被调到国务院内务部工作。

王锡昌在内务部工作不久，又被有关部门选派到中国驻匈牙利大使馆工作。1971 年 11 月，外交部组团参加 26 届联大，又把王锡昌选中，让他作为代表团的公务员，随乔冠华一行去纽约。

中国代表团 53 人在纽约暂时都住在罗斯福旅馆。

罗斯福旅馆是纽约市较为豪华、著名、档次很高的五星级旅馆，内部的设备、格局、餐厅、卧室都很豪华、美观、方便而且适用。

代表团为了安全，也为了便于管理，在旅馆包下了第十四层全部房间。纽约警察局还派了一组警察，24 小时坐在第十四层电梯口，负责代表团的安全保卫工作。

由此可见，代表团的安全应该是万无一失的，但万没想到，就在安全方面出了问题。

1971 年乔冠华出席 26 届联大之后，离开纽约回国，其他代表团成员 40 多人则常驻纽约。

常驻人员在没找到住址之前，要继续生活在罗斯福旅馆。旅馆再好，也不如自己的驻地。初到旅馆时，因为新鲜，还可以住一阵，时间长了，感到单调枯燥，听不到国内广播，看不到国内电视，又不能擅自离开旅馆到处游逛，因此，如何调剂好大家的业余生活，就成为不容小觑的问题。

领导遂决定在罗斯福旅馆第十四层的会议厅或电梯前大厅安装一个小型放影机，播放些国产影片。

至于保管小型放影机和安排播放电影的任务，就落到王锡昌身上。

王锡昌的房间在电梯旁，由他负责放电影的事也方便。

一个星期六的晚上，电影结束，大家纷纷离去。王锡昌一人收拾场地，他把放影机归拢起来，然后才回屋休息。

翌日早晨，王锡昌没到餐厅吃饭。

早饭后，几位同志去王锡昌卧室看他，在门外敲了很长时间，没有反应。最后用万能钥匙把门打开才发现，王锡昌斜躺在床上，已经死了。

中国驻联合国代表的领导很重视此事，立即报告国内，说明情况，提出建议，人暴死身亡，只能将尸体就地火化。

国内对代表团领导的这一仓促建议，也比较理解。王锡昌之死，实属意外，在尚未发现有他杀证据的情况下，也不便把事态扩大，以免影响国家关系；特别是在这样一个特殊环境里，猝死的可能性也不能排除。人既已死，只能火化。

部里经手此案的人，都觉得此案如此处理有些草率，考虑再三，不敢掉以轻心。

那天，我在乔冠华办公室讨论代表团的来电时，乔冠华认为王锡昌死得蹊跷。他说："王锡昌怎么死的，还没弄清就火化，不好交代。"

这时，姬鹏飞也推门进来，他对乔冠华说："老乔，这件事要慎重处理，不要急嘛！"乔冠华接着说："是啊！人是死在美国旅馆里的啊！我看也是急了些。""王锡昌的身体很结实嘛。问问司里有什么看法，研究了没有？"

我打电话给国际司主管联合国事务的邹一民。邹一民在电话里说："我们还没来得及研究，我个人意见是，王锡昌的死因没弄清楚，不能火化。我和同志们立刻研究，有了结果再报。"

我把邹一民的个人看法告诉了乔冠华。乔冠华说："邹一民的意见对，不能匆忙火化，要国际组研究后，写一个报告，附上复电，尽快送来。"

国际组是"文革"后成立的，取代了原来的国际司。成员有杨虎山（组长）、叶寿贞、邹一民、秦小梅和凌青，国际组归美大司领导。

国际组就王锡昌身亡一事，很快写出了一个请示报告交给了我。

这请示报告的大意是，对王锡昌之死，大家都很悲痛，王锡昌死得突然，死因不明，不能火化。为了对中国驻外人员负责，对王锡昌家人有个交代，必须查明死因。报告附上致联合国代表团的复电，明确提出，在查明死因之前，不能火化。

国际组的请示报告和中国代表团复电的内容，与姬鹏飞、乔冠华的想法是一致的。

乔冠华看了报告，比较满意，没做改动，立刻大笔一挥，在报告上批道：拟同意，请姬、韩（念龙）核后报总理审批。当天，总理看到报告没有改动，立即批发。

接着，联合国代表团又发回一电，内容大意是：为了查出小王是否自然死亡，代表团请来了阿尔巴尼亚驻联合国代表团的医生（参赞夫人）协助检验一下小王的尸体。

该医生对王锡昌尸体和卧室的每个角落都进行了检查。最后她得出的结论是：王锡昌是中毒身亡。在王锡昌的水杯里发现有尼古丁毒。她建议立即将尸体和遗物送有关部门进行化验，以进一步证实这一结论。

外交部国际组看到来电，立即写出了一个复电，送乔冠华审批。复电内容是让代表团立即向美方报案，要求验尸，并要求破案，缉拿凶手，要求加强对中国代表团的保卫工作，确保不再发生不幸事件。

乔冠华赞成国际组写的复电，即在电文上批：拟同意，请姬核后报总理审批。

周总理看过这一请示报告，即批上：请主席审批。毛主席圈阅同意，当即将此复电发给了代表团。

代表团遵照外交部的指示进行了办理。

代表团办理之后，立即电告中国外交部，告称：我报案之后，纽约警察局从表面上看，还比较重视。

其实，不重视也不行。通常情况下，有关这类涉外事件，国际法有明文规定，"驻在国要采取一切适当措施，保护各国外交代表的机关宿舍不受侵犯和外交官员的人身不受侵犯"，如果发生外交机关受到侵犯，驻在国要认真查清事实，向当事国家做出解释，以避免引起不必要的政治误解。这是各国都必须遵守的法律责任。

纽约市警察局立即派出大量人员到罗斯福旅馆、王锡昌卧室进行了彻底的检查。官方检查，不免有些大张旗鼓、兴师动众，新闻记者也赶来做了各式各样的报道。一阵检查之后，美方将王锡昌尸体和一些遗物拉走，准备由法医验尸和化验取证。

最后，美方证实：王锡昌是中毒身亡。

根据法医鉴定的结果，代表团立即向美方有关部门提出，要求破案，缉拿凶手。

对此，美方也做了承诺，要为王锡昌之死破案，但在很长的一段时期里，再也没听到有什么结果。此案长期未破，凶手至今仍逍遥法外。

建交谈判：不到半小时解决问题

身处国外，特别是当时的美国，受威胁、受挤对、受暗算等，实所难免，也难预料。这让每个人都有了不同程度的精神压力。但是，代表团50多位成员想到身负人民的重托、想到要完成祖国实现四个现代化的神圣使命，早已把一切困难都抛到了九霄云外。

特别令人欣慰的是，在恢复联合国合法席位之后，中国的国际地位大为提高，许多国家主动与中国接触，要同中国建立大使级的外交关系，在国际上出现了一个新的建交高潮。这也是全国人民的最大心愿。

当然，中国恢复在联合国的合法席位和权利，并不是出现建交高潮的唯一因素。

中国在自力更生条件下实现了经济发展和科技的突飞猛进，综合国力稳步提高，逐步摆脱了不利的国际环境，这才引起世人的关注，这才是许多国家利用各种渠道，与中国修好的主要因素。

据统计，1971—1972年，和中国建交的国家有33个（50年代，新中国成立初期，与中国建交的国家有32个；60年代有

18 个；1970 年仅有 5 个）。如果说，50 年代初是中国同各国建交的第一个高潮，那么 1971—1972 年是中国同各国建交的第二个高潮。这是毛主席外交方略成功的一个重要标志。

从新中国成立至今，中国和任何国家建立外交关系，都要通过一定的建交程序。这种建交程序是出于建国前《中国人民政治协商会议共同纲领》中的规定："凡与国民党反动派断绝关系，并对中华人民共和国采取友好态度的外国政府，中华人民共和国中央人民政府可在平等、互利及互相尊重领土、主权的基础上，与之谈判、建立外交关系。"外交部根据这一规定，在实践中提出了一个建交谈判的原则，这就是在与各国建立外交关系之前，必须先进行双边建交谈判。

在谈判中，必须先弄清对方在原则问题上的立场；弄清对方是否承认中国政府是代表中国人民的唯一合法政府，是否已断绝同国民党政府的外交关系。这个原则问题弄清后，才可以在平等互利的基础上达成建交协议。

也就是说，同各国建交，除必须遵守建交原则外，还要遵守一定的建交程序。建交程序是：互相承认—谈判建交—宣布建交—互派大使。20 多年来，中国基本上都是遵照这一程序同各国建立外交关系的。

当然，也有一个不成文的规定：在建交原则不变的基础上，建交程序也是可以灵活变通的。

乔冠华在联合国开展建交谈判过程中，创造了一个原则不变、程序灵活、谈判简朴、时间快捷的建交模式，不到半个小时，就能解决问题。

1971 年 12 月的一天上午，乔冠华在联合国大厅听会，礼宾官徐炘熹来说，塞浦路斯外长提出要紧急约见乔冠华，有要事相商。乔冠华立即表示同意上午 11 点 30 分在联合国大厦印度尼西亚休息厅见面（印尼厅就在大厅右门出口处）。

关于塞浦路斯外长要谈什么事，我们猜不出。乔冠华对我说："塞浦路斯的情况，我们了解得不多。塞内有希土两族问题，那是他们的内政，我们不介入，估计他是来谈建交的。听听吧！"

不出所料，塞浦路斯外长要见乔冠华的目的，就是谈建交。

乔冠华准时来到印尼厅。我们刚刚坐下，塞浦路斯外长一个人从左边走了过来。

塞浦路斯外长一面和乔冠华握手，一面自我介绍说，自己是塞浦路斯外长克莱里季斯（名字记得不准，此名与该国后来一位总统的名字相似）。此人个头不高，长得比较丰满、帅气、结实，也很精神。

乔冠华立即回应说："我很高兴在联合国和部长阁下相识。"

克说："塞浦路斯和中华人民共和国都是发展中国家。"

乔冠华说："我们两国共同点很多。"

克说："我们都有把自己国家建设好的愿望，何不为此加强两国的合作。这是我要求会见乔团长的目的。"乔冠华接着说："这个建议好，加强中塞两国的友好合作，是符合两国人民利益的。"

克说："中国在国际上享有很高的声望，我们也是爱好和平的国家。我们两国应该建立外交关系。"乔冠华表示："这个建议好。我也有这个意思。建交是势在必行。有一个问题必须澄清，就是双方都要在平等互利及互相尊重领土、主权完整的基础之上建交。"

克立即说："这也是我们共同的要求。我必须声明，我国承认中华人民共和国政府是唯一的合法政府，台湾是中国不可分割的一部分。我们在联大是支持中华人民共和国的合法席位的。"

乔冠华则果断地说："感谢贵国对我国的支持。我们两国建交不成问题，应该说已经达成协议。"

克又说："这是否意味着我们两国可以建交了？"乔冠华强调说："当然可以。我们二人应尽快请示各自国内批准。"

克又问："那是一定。双方政府批准了我们的建交谈判，下一步怎么办？"乔冠华说："双方政府都批准之后，我们再商谈下一步的行动。"

乔冠华、克莱里季斯的建交谈判，就此结束。

双方商定，两天之后，再在印尼厅见面，以商谈下一步的行动。

两天之后，乔冠华和克莱里季斯准时在印尼厅会面。

两人相见，都十分热情地握手祝贺，各自政府都顺利批准了建交谈判。

两人坐定后，乔冠华说："中国政府很重视塞浦路斯。中塞建交被看成是一个重大外交行动。这对推动双边合作和世界和平，会发挥很大作用。"

克问："下一步该怎么办？很想听听乔先生的意见。"

乔冠华说："如果你不反对，我们定在两天之后，在同一时间发表一个消息，或发表一个建交公报，说明我们两国在尊重领土、主权完整的基础上建立了大使级的外交关系，就行了。"

克高兴地说："同意。我们就这么做。我们希望尽快在双方首都成立各自的大使馆，以便尽快把双边合作关系推上正轨。"乔冠华表示同意。

这就是乔冠华在联合国创出的一个新的建交模式——原则不变、程序灵活，对 1972 年的各国同中国建交高潮起了某些推动作用。

第三部分

"中美不存在
打仗问题"

第七章

避免"两个拳头打人"

多少年来，美国、苏联两个超级大国，以一南一北的战略态势对我国虎视眈眈，恨不得把中国一口吃掉，把中国共产党彻底消灭。

　　面对冷战中两个强大的敌人，我们怎么办？只能豁出去，要打就打吧！准备应对它们联合起来南北夹攻，也准备应对它们来扔原子弹。

　　就在这冷战时期，毛主席领导全国人民，坚持独立自主、自力更生的方针，克服各种困难，依靠自己的双手，竭尽全力发展四个现代化。处于弱势的中华人民共和国，没被霸权主义吓倒，综合国力反而大大提高。中国的原子弹爆炸成功了，人造卫星上天了，一个个振奋人心的科技成果，震撼着世界每个角落。这就使美、苏两个超级大国对中国不得不另眼相看。

　　美国和苏联之间有合作也有矛盾，但矛盾大于合作，因为两个大国都想在世界范围内谋求霸权。正如毛主席对当年法国外长莫里斯·舒曼所说:"苏联的政策是声东击西的,口里讲要打中国,实际上想要吞并欧洲。"①苏联的扩张野心,严重地侵犯了美国的战略利益,因此,可以断言,美苏矛盾绝对大于美中矛盾,也大于苏中矛盾。虽然说,中国对美苏之间的矛盾不干预、不介入,但中国却已成为美苏必须争取的重要力量。

特别是在那些年,美苏两国人民开始觉醒,国内的反战运动此起彼伏,已成为两大国后院的不稳定因素。同时,发展中国家、不结盟国家对中国对外政策的理解和向中国的靠拢,已成为两个大国不敢忽视的国际因素。两个超级大国不得不尽快改变对华政策,以使自己在世界新的格局中,向着更有利于自己的方向发展。

美苏两个大国在明争暗斗中,不能不正视中国这个大国的存在、成长和作用;不能不感觉到两极社会的时代已经发生了动摇;不能不认识到,把自己当老大的反华政策不变不行了。

美苏两个超级大国折腾来,折腾去,都憋不住了,都伸出触角,摇起了橄榄枝,表示要和中国改善关系。

这样一来,中国的国际地位大为提高,世界格局由此发生了变化。

美国想利用苏中矛盾,和中国拉关系,不愿看到苏联在中苏矛盾中占上风。于是,美国就打中国牌,对付苏联。

苏联想利用美中矛盾。苏联担心中美关系缓和对自己不利,

---

① 参见《毛泽东外交文选》,中央文献出版社1994年12月版,第597页。

甚至更怕中美联合起来反苏,因而苏联抢先打中国牌,以抬高与美争斗的筹码。

就这样,在世界上就出现了美、苏、中的大三角关系。

我们如何应付大三角关系?如何创造一个有利于我国经济发展的国际环境?

这个问题没有现成的答案,无经典可引,也没有模式可援。是否能把这些问题处理好、把弯转好,从容不迫地应付大三角关系,是对中共、中国对外政策的一大考验。

柯西金虚晃一枪

1969 年上半年的国际形势复杂多变,在大国间紧张的气氛中出现了缓和的机遇,苏联和美国都急于同中国对话。

3 月,苏联部长会议主席柯西金启用了原中苏间的热线电话,亲自向北京打电话,要求和毛主席通话。

中方电话接线员一听,是苏修头目来的电话,未经请示,在电话里把柯西金骂了一通。他说:"你们这些修正主义分子是什么东西,也配和我们伟大领袖通话!"说完就把电话挂断了。

这位电话接线员虽说对苏修恨之入骨,但组织纪律性还很强,及时、如实地将柯西金的来电内容向领导做了报告。

当此事反映到外交部的时候,我们这些经手人都觉得事关重大,又是苏联政府首脑亲自打来的,如此马马虎虎地应对是错误的。而且苏方不会认为接线员的回答是个人行为,而会认为是中国领导人的态度。

毛主席得知此事说："给我打的电话，怎么不报告就拒绝了？"对此，周恩来也对有关领导进行了严厉批评，并指示外交部进行研究，提出一个弥补的办法。

经研究，决定以外交部名义立即发出一个备忘录，内称："以当前中苏关系来说，通过电话的方式进行联系，已不适用。如苏政府有什么话要说，请通过外交途径，正式向中国政府提出。"

这一备忘录明确表示：和苏联方面进行谈判的大门，中国一直对苏方敞开着。

恰在这时，尼克松向戴高乐公开表示：寻求与中共改善关系是美国政府的主要课题之一……

尼克松的友好姿态，中国人看在眼里。虽然我们一时还没做出比较明确的回应，但我们在处理某些中美民间事务中所体现出的人道主义精神，已引起美方的极大关注。

这年7月，有两个美国人乘游艇误入中国领海。中国有关部门与外交部商量，在查明这两个美国人来历前，均以礼相待，政治上不扣帽子，生活上客客气气。对于中国这一做法，美国官方立即做出了反应。美国政府立即宣布放宽对美国旅游者购买中国货的限制，放宽美国公民在中国旅行的限制。

随后，中国有关部门经请示中央，很快就送这两名美国游客出境。中美之间就这样默默地出现了礼尚往来的变化。

接着，尼克松出访菲律宾、印尼、南越、泰国、巴基斯坦和罗马尼亚，并在不同场合表示了美国准备和中国交往的愿望。甚至，尼克松还说："美国无视中国这个亚洲的主要国家，是一个错误政策。"

尼克松的对华态度，引起了苏联的注意。

苏联担心美中接近对苏不利，于是憋不住了，急了，急切地想与中国改善关系，但一时又找不出合适的切入点。

9月3日，越南政府发布正式公报，对外宣布胡志明逝世。

柯西金为扭转苏联在国际战略格局中的不利地位，同时也是为了摆脱国内外种种不利处境，决定借越南9月8日举行胡志明葬礼的机会，同出席葬礼的中国国家领导人进行一次接触，以缓和与中国的关系。

出席胡志明葬礼的多是各友好国家的元首或政府首脑，确实是各国领导人在河内碰面的好机会。

柯西金去河内之前，推算中国总理周恩来会去河内，这样他可以很自然地在第三国同周恩来探讨改善中苏的关系。

柯西金的推算不错，周恩来一定会去河内向胡志明的遗体告别，因为周恩来与胡志明在大革命时期就熟识，并长期保持着友好交往。

且不说中国领导人有什么设想，柯西金既然想要改善对华关系，为什么不通过外交途径，大大方方地举行双边政治会谈，却弄出个"巧遇谈大事，谁也不主动"的架势？这种原始的外交游戏，我们不感兴趣。

经毛主席批示同意，周恩来和叶剑英提前于4日就去河内。

这样做较为得体，体现了周恩来、叶剑英与胡志明有着不寻常的关系，破格前往吊唁，越方也很重视。周恩来、叶剑英吊唁之后，当晚回国。9月8日，中央正式派李先念率领党政代表团去河内参加葬礼。

李先念在葬礼过程中也没理睬柯西金，于10日回京。

柯西金在河内没有见到周恩来，有些不甘心，便通过越南方面向中国正式传话，希望在他回国飞经北京时，在北京机场同周恩来会晤。

柯西金在河内等待中方的答复，没有回音，他有些急了。为了万无一失，柯西金在离开河内之前，通过苏联驻华大使馆代办，向中国外交部紧急提出此事。

毛主席对柯西金的这一举动分析得很透。他本不想在中美试探性和解的势头中，让柯西金利用和周恩来会晤一事，向美国打中国牌。但柯西金一再要求，而且柯西金已飞离河内、在塔吉克斯坦首府杜尚别等我方答复。在这种情况下，毛主席决定借中苏政府首脑接触一事，吊一下美国人的胃口，以促使美国在中美关系中采取更主动的行动。

柯西金得知中方同意他去北京与周恩来会晤，立即于9月11日上午9时飞抵北京机场。周恩来也准时到机场会见柯西金。

此前，外交部对这次中苏首脑会晤做了紧急准备。参加这一会晤的有乔冠华和苏欧司司长余湛。

周恩来在与柯西金会谈中，谈了如下三点：

1.理论问题、意识形态方面问题的争论，不应影响两国的国家关系。两国的问题，只要心平气和地处理，总可找到解决办法。

2.你们说我们要打仗，我们现在国内的事情还搞不过来，为什么要打仗？

我们的领土广阔，足够我们开发；我们没有军队驻在国外，不会侵略别人，而你们却调了很多军队到远东。

3.中苏之间的争论，不应妨碍国家关系。两国关系应在和平共处五项原则的基础上正常化。中苏不应为边界问题而打仗。中苏边界问题应在不受任何威胁的情况下，通过谈判解决。

中苏双方应先就维持边界现状、避免武装冲突、双方武装力量在边界争议地区脱离接触的临时措施等问题上达成协议，然后再讨论解决边界走向问题，并签订新的边界条约。

柯西金对周恩来谈到的中国立场表示同意，双方就此达成了原则谅解。

与此同时，双方还就重派大使，恢复两国政务电话，扩大贸易及改善通车、通航等问题达成初步协议。

周恩来还有意告诉柯西金，我们准备恢复中美大使级会谈。

周恩来和柯西金的这次机场会晤，虽说是在中苏两国关系十分紧张的气氛中进行的，然而双方所表现出的姿态和愿望都是友好的。会晤的结果，双方也都比较满意。

周恩来对待柯西金也比较友好、恳切，称他为同志，并向他转达了毛主席的问候，在机场餐厅里，还请柯西金等吃了一顿中餐，效果很好。

这次机场会晤，双方都希望在新闻媒体上发表一个消息，对此，柯西金更为重视、更为热心。

出于苏联的战略需要，也为了营造一个中苏关系缓和的势头，柯西金提出要在新闻消息中写上两国总理在北京机场进行了"同志般的、友好的谈话"，以表达这次会晤的成果。

中方不希望在这个新闻稿中做过多的炫耀。

关于这个新闻稿怎么个写法，写成一个什么样的"会晤谈话"，是温度高些、平些还是低些，中苏双方经过了一番心照不宣的拉据。

最后，乔冠华在审定新华社的这个新闻稿时做了修改，把一些修饰词全部删掉，改用"双方进行了坦率的谈话"。

次日，新华社发布了一条低调的简短消息称："国务院总理周恩来今天在首都机场会见了从河内参加胡志明主席葬礼回国途经北京的苏联部长会议主席柯西金，双方进行了坦率的谈话。"

乔冠华对这个新闻稿的修改，贯彻了毛主席的想法，既可利用中苏首脑会晤吊一下美国的胃口，又可防止过犹不及，过高估计，传送错误信息，使美国造成错觉。

中苏两国领导人在机场会晤之后，为实现双方达成的谅解，中国外交部立即投入恢复中苏边界谈判的准备工作。

中国方面对恢复中苏边界谈判很重视。这一谈判既可维持中苏双方对话的渠道，又可及时了解苏方对解决边界问题的态度和对华政策，同时也力争解决边界存在的纠纷。

然而，苏联方面对中苏边界谈判没有诚意，在会谈中扬言：苏联不威胁中国，苏中两国不存在领土问题。

对此，有人说：苏联主动和中国对话的用意很清楚。苏是出于对美斗争的需要，想以此为筹码，向美国打中国牌，和美国玩"大三角"游戏，这话不无道理。

中美关系趋向缓和

毛主席面对国际上应运而生的"大三角"关系，下决心要调整中国的对外战略方针。首先要调整的是与美国的战略关系，以避免"两个拳头打人"的不利局面。于是，他一面考虑把尼克松的友好姿态接过来，一面又组织几位老帅研究国际形势。

毛主席请四位老帅陈毅、叶剑英、徐向前、聂荣臻集中起来研究一些国际问题，并请他们打破框框，不受"九大"关于国际形势看法的影响，提出一些对外政策的看法。

四位老帅遵照毛主席的指示，立即组织了一个研究班子，由陈毅牵头，另外又加了两个人，一位是熊向晖（出席26届联大的代表），一位是姚广（外交部美大司司长，出席过中美大使级会谈）。

毛主席还托周恩来向四位老帅传话说："主观认识要符合客观认识，客观世界变了，主观认识也要随之变化。""对原来的看法和结论要及时作出部分的甚至全部的修改。"[1]

1969 年 9 月中旬前后，四位老师经过长时间的共同研究，就国际形势中的几个重大问题，向中央提出了他们的看法。

他们向中央报告的大意是：

苏联不敢发动侵华战争。如果苏联发动侵华战争，在很大程度上，苏联还要看美国的态度。但苏联又怕中美联手，对它不利。美国的对华态度，又令苏联不安。

在中、美、苏三大力量的斗争中，美对中苏，苏对中美，都要加以利用。

对此，美苏各方有意同中国接触会谈，都可接受。

四位老师的一些看法和毛主席、周恩来的看法不谋而合。这些看法对毛主席决心择机调整中美战略关系、摆脱"两个拳头打人"的不利局面，起了参谋和推动作用。

主动出招，"愿意接待"美国特使

1969 年，毛泽东、周恩来为适应客观形势的需要，也是出于中国反冷战、反封锁、反侵略，乃至对外开放的战略需要，已将中国的对外政策，在实践中悄悄地、一步步地进行了战略性的调整。

例如，在答复美方的"说帖"中，对美方派高官来华一事，周恩来把原件的"愿意考虑"改为"愿意接待"。

---

[1] 熊向晖，《打开中美关系的前奏》，《亲历重大历史事件实录》，党建读物出版社、中国文联出版社，第 409 页。

1969 年下半年，美国总统尼克松为了进一步向中国表示美国有诚意寻求与中国的和解，打出了两张牌：一是 10 月份美国当局停止派遣驱逐舰到台湾海峡进行例行巡逻；二是派美国驻波兰大使紧急约见中国驻波兰代办，向中方表示希望恢复中美大使级会谈。

12 月初，美国驻波兰大使斯托塞尔按照其国内指示，在华沙波兰科学文化宫举办的南斯拉夫时装展览会上，主动找中国驻波兰使馆波语翻译景志成，通报此事。

据景志成回忆：

时装展览演出结束，我和二秘李举卿起身退场，在经过衣帽间的时候，发现美国大使和二等秘书西蒙斯在取外套。那天刚巧我们两人都没穿大衣，所以我们就径直向楼梯口走去。在走到楼梯一半的时候，西蒙斯和美国大使快步追了上来。西蒙斯说："先生，这位是我们的大使阁下。"

我在纳闷儿，美国敌视我们已有二十多年了，今天怎么啦？我也没搭理他，便向门口走去。这时，美国大使追上几步直接对我说："我是美国大使，我想会见你们代办先生。"

出于礼貌，我回答说："我转达。"说完我继续往前走，这时美大使紧随着对我说："我最近在华盛顿见到尼克松总统，他告诉我，他要和中国进行重大的具体的会谈。"我立即告诉他："我转告代办。"

外交部得知这一情况，经请示毛主席、周总理，立即电告中国驻波兰代办雷阳：可应邀在中国使馆会见美国大使。

雷阳在与美国大使会晤中得知，美国希望恢复中美大使级会谈。

当天，外交部获悉美国这一动向之后，按周总理的要求，立即进行研究，以便对美方做出回应。

很快，外交部写了一个请示报告，建议答复雷阳，我们同意美方的建议，恢复中美大使级的会谈。这样做，完全符合毛主席的思路。中美恢复谈判，会增加苏联的顾虑，并对当时同苏联的斗争有利。于是周总理很快批示同意外交部的建议。

中国外交部根据中央批件，一面通知雷阳立即答复美国驻波大使，一面着手准备同美方会谈的方案。

1970年1月，中美举行了第135次大使级会谈；2月，举行了第136次会谈。

每次会谈之前，都由外交部起草一个会谈方案和发言稿（人称"说帖"），经中央审批后，再通知雷阳执行。可以说，中美恢复谈判的每个细节，都是经过毛主席、周总理亲自过问或过目的。

中国在第135次中美大使级会谈中的方针是，摸清美方的意图，注意不把话说死。而在第136次会谈中的方针，就要动真格的了。

既然在第135次会谈中，美方提出了"高层会谈"的建议，那么在第136次会谈中，中方应拿出回应美方的对案。

中国外交部就美方提出高层会谈一事，向中央的请示报告中建议：对美方的提议，中方可表示中国政府"愿意考虑"。

周总理看到外交部的建议时，对美方要求来华进行高层会谈一事，将中国政府"愿意考虑"，改为"愿意接待"。

中国政府提出，如果美国愿意派部长级代表或总统特使到北京商谈，中国政府"愿意接待"。

"愿意接待"比"愿意考虑"更进了一步。"考虑"二字的意思是，是否欢迎你来，还没有定；而"接待"二字的意思是，我们已做好接待准备了。

也可以说，原来提的"考虑"显得中方太犹豫，会使美方摸不到底。而"接待"二字，会使美方感到他们的主动要求得到了良好的回应，很有面子，同时也会感到中国人很有诚意。

这两次会谈的情况是，美国大使表示：美国政府愿意改善同中华人民共和国的关系。对中苏分歧，它无意站在哪一方，无意参加反对中国的联盟，也不支持勃列日涅夫主张。对美台关系，美有协助保卫台澎的义务，但并不妨碍你们双方达成任何和平解决办法；随着亚洲和平和稳定的增长，美国将削减目前在台湾的军事设施。美国不仅愿意讨论台湾问题，而且愿意讨论中美之间的全部双边问题，并愿讨论一项联合宣言，肯定两国政府遵守和平共处五项原则。美国政府还准备派代表到北京直接商谈，也愿在华盛顿接待中国代表。

中国驻波兰代办雷阳则表示：只有严格遵守五项原则，才能实现和平共处。台湾是中国领土，不容外人侵占，因此必须商定从台湾和台湾海峡撤走美国的一切武装力量，才能从根本上改善中美关系，并推动其他问题的解决。解放台湾是中国的内政，不容外人干预，绝对不能允许进行"两个中国"或"一中一台"的活动，为解决这个主要矛盾，需要进行更为彻底的探索。

中国政府提出，如果美国愿意派部长级代表或总统特使到北京商谈，中国政府愿意接待。

反对美国干涉小国内政，原则不迁就

第 136 次中美大使级会谈之后，中美两国关系已趋缓和，双方都比较重视双边关系的改善。

中国方面一直在等美国方面就中美高层会谈一事的答复，但一等就是两个月，没有任何反应。正在这个时候，柬埔寨发生了政变。

1970 年 3 月，美国趁西哈努克访问苏联的机会，支持在金边的朗诺－施里玛达集团发动政变，颠覆了以柬埔寨国家元首西哈努克亲王为首的政权。

美国这样做，实际上是向刚刚有所缓和的中美关系泼了一盆冷水。中国上上下下都不理解，很恼火。当初尼克松入主白宫时就宣布，要从印度支那撤军，要从针对中国的越南战争中脱身。而今美国又在柬埔寨串通朗诺搞政变，并派兵入侵，意在针对越南开辟另一个新的战场，令人义愤。

在这一情况下，就不能不让我们怀疑尼克松要和中国缓和关系的诚意，我们也决不能对搞颠覆、搞恐怖的霸权主义行径置若罔闻。我们对美国的这些做法，不能不做出强烈反应。

为此，中国开展了一系列卓有成效的对外活动，包括反对颠覆柬埔寨、推动召开三国四方会议（三国是柬埔寨、越南和老挝；四方是柬、老和越南南北两方），通过这些外交活动，不仅博得三国四方的支持，也借此告诫美国，缓和中美关系应该是有原则的。

1970年5月20日，毛主席以个人名义发表了《全世界人民团结起来，打败美国侵略者及其一切走狗》的庄严声明。第二天，也就是21日，北京五十万军民在天安门前举行了支持世界人民反对美帝国主义斗争的大会。毛主席亲自出席。林彪宣读了毛主席的"5·20声明"。

毛主席在天安门城楼上对西哈努克亲王说："我们东方国家、亚洲国家一百多年来是受气的，现在逐步联合起来，要翻身！"

紧接着，外交部为周恩来起草了一封给西哈努克和宾努的信，信中说：中国政府承认柬埔寨民族统一战线领导下的王国民族团结政府是柬埔寨人民唯一合法的政府，将从金边撤出中国的外交机构。

毛主席的一系列对外部署，在世界上产生了广泛影响。许多国家认为，中国讲信誉、讲义气，是个可信赖的朋友、可靠拢的朋友，是弱小国家的支持者。

美国面对这种意想不到的不利局势，实难招架。

尼克松总统召集国务卿罗杰斯、国防部长美尔德、国家安全事务助理基辛格一起开会，讨论由于柬埔寨问题引发的复杂形势。基辛格出了个主意说："我建议总统宣布一个巨大的撤军数字，同时把撤军时间延长到一年，开始 90 天只撤出很少数的人……"这个意见引起尼克松的兴趣。

不久，美国于 6 月 30 日宣布从柬埔寨撤出美国军队。

美国的举动引起中国的极大关注。

美国要提高对话档次

在第 136 次中美大使级会谈中，中方接过了美方提出高层会谈的建议。这次会谈后，中方等待美方在第 137 次会谈中给予具体的答复，却迟迟没有美方的回应。

我们对中美高层会谈一事，在美方从柬埔寨撤出军队之后，便采取了既不急于等着美方答复，但也不能置之不理的策略，也就是"拖而不断，不把门关死"。

既然是"不把门关死"，就不能拖而不动，对美国的姿态也不能不做回应。于是中国外交部就第 137 次中美大使级会谈日期问题，向周总理写了一个请示报告，建议对第 137 次大使级会谈日期，既不具体确定，也不无限期推迟，可向美方表示，双方联络员可在 6 月 20 日举行会晤，商谈第 137 次会期问题。

当联络员会晤日期临近时，中国外交部又根据变化了的形势，写报告请示把第 137 次会谈日期继续推迟到 7 月 20 日。

毛主席看到外交部的请示报告后认为，尼克松已不把中美大使级会谈作为联系高层会谈的最佳渠道，已没有必要再对第

137 次中美大使级会谈寄予多大期望。于是，毛主席就在外交部关于中美会谈联络员会晤时期的报告上，做了一点儿修改，把外交部建议"下次会晤日期再推迟到 7 月 20 日"一句，改为"可通过双方联络员在适当时机另行商谈"。

毛主席的这一修改很有深度。其一，对于中美大使级会谈时间，不要总是由中方提出建议。此类适当的时机，应该是由双方共同提出的。这样就可以把建议会晤日期的皮球赐给美方。其二，可以给美国人一个印象，这个"适当时机的商谈"，是一种灵活的信号。这种灵活很适合他们的胃口，也很符合尼克松另选对话渠道的需要。

在此期间，外交部和有关部门遵照毛主席的外交方略和有关批示精神，为了保持中美关系缓和的势头，经报请周总理批准同意，于 7 月中宣布释放 1960 年因间谍罪被判二十年徒刑的美国主教詹姆斯·华理柱。对此，美国当局也做出了回应。

美国政府立即批准通用动力公司可向中国出售柴油机，并放宽对开往中国船只的加油限制。

在中美大使第 137 次会谈难以浮出水面的情况下，双方都在十分敏感地、小心翼翼地向前挪动着缓和势头的脚步。

高层会晤不要先决条件

1970 年 10 月初，尼克松对《时代》周刊记者发表谈话说："如果说在我去世之前有什么事情要做的话，那就是到中国去。如果我去不了，我希望我的孩子能够去。"这是尼克松再次公开发出"美国要和中国和解"的信号。而且，在这次谈话中，他明确表示，他有访华的愿望。

尼克松的这次讲话，实际上是对第136次中美大使级会谈时，中方接受高层会谈建议的一个明确回应。

接着，尼克松在外交活动中，选定了两个向中国最高领导传话的渠道。

10月下旬，联合国召开成立25周年纪念会议，许多国家元首都来到纽约出席，有的国家元首还借机顺访华盛顿。

10月26日，罗马尼亚总统齐奥塞斯库到达华盛顿。尼克松在欢迎齐奥塞斯库的国宴上，发表了祝酒词。在祝酒词中，尼克松讲到了美国和罗马尼亚的许多共同利益，其中最突出的一句话是："罗马尼亚和美国一样都希望和苏联以及中华人民共和国有着良好的关系。"对此，基辛格在他的回忆录中说："一位美国总统用中国的正式名称，这还是第一次。"

紧接着，尼克松借巴基斯坦总统阿迦·穆罕默德·叶海亚·汗和罗马尼亚总统齐奥塞斯库尚在华盛顿访问的时机，分别请他们向中国领导人传话，中心内容是"美中和解十分重要"，并提出愿派一高级使节秘密访华。

就这样，尼克松便打通了两个向中国传话的渠道：一个是巴基斯坦，另一个是罗马尼亚。

11月9日，巴基斯坦总统访华，并当面向周恩来总理转达了尼克松的口信。

11月21日，罗马尼亚部长会议主席勒杜列斯库也来华访问，并向周恩来总理转达了尼克松的口信。

就答复尼克松口信一事，外交部根据中央的原则立场和当时的需要，建议以周恩来总理的名义，通过原来的传话渠道，答复尼克松的口信，并拟订了一个答复尼克松口信的"说帖"，其中最主要的一句话是："如果尼克松总统真有解决台湾问题的愿望和办法，中国政府欢迎美国总统特使来北京商谈。时机可通过巴基斯坦总统商定。"

这一答复口信，报请周总理审批同意，并经毛主席圈阅批准。

然后，我们依然委托叶海亚·汗将周恩来总理这个无抬头、无落款的口信传给美国的基辛格博士。

基辛格很快就通过原渠道答复了中国，告称：美国同意邀请，拟在北京与中方不仅讨论台湾问题，还讨论中美之间存在的各种问题。

这件事我们都觉得，在内容提法、审批程序上都是万无一失的，但事后得知给尼克松的口信会给人一个印象："台湾问题是尼克松来访的先决条件"。

从文字上看，"如果尼克松总统真有解决台湾问题的愿望和办法，中国欢迎……"这句话，应该说，台湾问题是个先决条件。因为台湾问题是中美大使级会谈谈了十多年也没解决的问题。台湾是中国的神圣领土，解决台湾问题是中国维护主权原则的正当要求，而且这一原则立场是永远也不会改变的。如果连解决台湾问题的诚意都没有，再谈其他问题也没意义。

但从事态发展的全过程看，如果对美国总统尼克松访华设置先决条件，对解决台湾问题不利。

应该怎么办，才能既不丧失原则立场，又能促使尼克松来访？

这个问题被 12 月 18 日毛主席和斯诺的一段公开谈话给解决了。

毛主席对斯诺说："尼克松对于波兰华沙那个会谈不感兴趣，他要当面谈，所以我说，尼克松愿意来，我愿意和他谈；谈得成也行，谈不成也行；吵架也行，不吵架也行；当作旅行者来也行，当作总统来也行。总而言之，都行……"

毛主席又说："台湾关他（指尼克松）什么事？台湾是在杜鲁门·艾奇逊时期搞的。""尼克松好！我能跟他谈得来，不会吵架。"

关于中美关系，毛主席说："总要建交的，中国和美国难道一百年不建交啊？我们又没有占领你们那个 Long Island（长岛）。"[①]

毛主席和斯诺的这次谈话，内容丰富，层次分明，意义深远。特别是毛主席明确提出：欢迎尼克松访华，没有任何先决条件。

"乒乓外交"差点被叫停

中美外交史上有一段佳话，就是国人都熟知的乒乓球外交。

[①] 《毛泽东会见美国友好人士斯诺谈话纪要》，1970 年 12 月 18 日，《毛泽东传（1949—1976）》（下），中央文献出版社 2003 年版，第 1628 页。

一个乒乓球队的意外活动，推动中美关系出现了新的突破。

殊不知，在这一轰动全球的"小球推大球"事件背后，还有一段鲜为人知的故事，险些让这次载入史册的重大事件胎死腹中。

1971年4月，第31届世界乒乓球锦标赛在日本名古屋举行。

中国能否派乒乓球队参加这届锦标赛，许多人有不少顾虑。这不仅是因为中国乒乓球队已连续缺席了两届世锦赛，还因为"文革"期间国家乒乓球队受到冲击，元气大伤，乒乓球训练陷入停顿。

而且，当时的国际形势也对中国不利：苏联在北边大兵压境，美国仍然霸占台湾，中国和日本尚未建交，蒋介石的特务活动无孔不入。这些都增加了去日本参加比赛的顾虑。

然而，这次在日本的比赛，国际舆论影响很大。当时，多方报道：中国的乒乓球队水平高，如果中国不参加，这场比赛就不能被称为世界级比赛。

就中国是否参加这次锦标赛的问题，周恩来总理召集有关单位开会研究，外交部韩念龙出席。会上初步认为，体育比赛是群众性运动，也是民间外交的一个重要组成部分，与国家政治关系无关。周总理说：日本和我们虽没有外交关系，但我们的代表队可以去。

周总理在会上边说边亲自给毛主席写了一个报告，立即派人送去请示。

毛主席看到周总理的报告，立即批示"照办"。还批道：

"我队应去";"要一不怕苦,二不怕死"。

很快,周总理又召集外交部和国家体委等有关部门开会,传达了毛主席对出席日本世乒赛的指示。周总理说:"体育比赛毕竟还是群众性运动,不要使日本的广大群众失望,我们的球队要去,要友谊第一,比赛第二。"

毛主席的指示,极大震动了外交部和国家体委经办此事的每个人。从此,改变了过去由于"文革"不参加第29届和第30届世界乒乓球锦标赛的做法,冲破了中国乒乓球队六年没出国比赛的禁锢。我们决定派出优秀的运动员庄则栋、李富荣、郑敏之、林慧卿等人参加这次在日本的比赛。

比赛结果,中国乒乓球队在日本取得了很好的成绩,获得了男子团体、女子单打、女子双打、男女混合双打四项第一,全国上下都为之振奋。

在日本名古屋,中国乒乓球队住在藤久观光旅馆。各国代表队居住的地方都相距不远,彼此也并非毫无来往。

场上是对手,场下是朋友。中国乒乓球队牢记"友谊第一"这个方针,很注意和各国代表队的礼貌往来。

一天,美国队副领队来到中国代表团驻地,向中国领队问道:"你们中国邀请我们美国南面的墨西哥、北面的加拿大访问中国,你们能不能也向我们美国队发出访问邀请呢?"对此,中国领队没应允,也没拒绝,只说研究一下。

此事引起中国驻日本联络处的重视。该处领导认为,这是一个很不错的动向,需向国内报告。

当国内获悉美国乒乓球队希望我们邀请他们访华，上上下下都十分重视。至于美国球队是出于什么考虑，中方应采取什么态度，这确实是外交部有关人员需要认真思考的两个问题。

外交部和国家体委在周总理的指示下，立即召集紧急会议，研究前方来电，对美国乒乓球队访华一事，尽快提出看法和建议，经请示中央后，决定力争在美国球队离开日本前答复美方。

会上，有关各方基本上同意邀请美国球队访华，只是在什么时机来访发生了分歧。有人认为现在就可以邀他们来访，有人认为现在邀他们来访不合适。最后，多数人认为现在不宜邀请，理由有二：一是在3月26日举行的国际咨询委员会会议和3月30日举行的国际乒联代表大会上，美国乒协都支持台湾以"中华民国"的名义参加国际乒联；二是尽管美国3月15日宣布取消对持有美国护照的人到中华人民共和国旅行的一切限制，但在此期间，美国官方又宣布在联合国推行"两个中国"的政策。

会后，外交部和国家体委联名向国务院写了一个《关于不邀请美国乒乓球队访华的请示报告》。

报告中，对不邀请美国乒乓球队一事，提出了如下理由和建议："我们考虑，美左派和有影响的人物均尚未访华，由乒乓球队打头阵，政治上不很有利。可告美队，现在访华时机还不成熟，相信今后会有机会的。"

周总理对此报告认真审核后，在文中还加上了一句"留下他们的通信地址"，并在此报告上端批上"拟同意，报请毛主席审批"。

毛主席看了这个报告，没立刻批，压了两天。估计毛主席对外交部的建议不甚满意，或者说毛主席还有什么犹豫。但此事实属急案，不能再压下去，因为4月6日世界乒乓球锦标赛就要结束，各国球队都在7日之前陆续回国。如果此案再拖下去，着急的是外交部，等着答复的是美国人。如果美方知道中国不邀请，会理解这是出于政治原因；如果这样拖而不答，美方会认为中国办事拖拉、不讲效率。因此，此案必须在美国球队离开日本之前有个了断。

时至6日晚，毛主席经过一番思考，还是同意了这份报告的意见，不邀请美国球队访华。于是毛主席在这份报告上自己的名字下画了个小圈，并告即退外交部办。

外交部主管人员拿着毛主席的批件，向主管副部长报告之后，便急忙通知了名古屋照办。

此事虽然已经按中央批件下达照办，可毛主席仍然放心不下，似乎这件事一直在牵动着他的神经。

就在6日深夜，毛主席身边的工作人员吴旭君突然通过外交部值班室找到王海容，通知王海容说："不邀请美国球队访华一案主席指示重办，要立即通知前方邀请他们访华。"王海容问：原来不邀请的报告主席已圈阅同意，外交部已下达照办了，现在怎么变了呢？吴旭君在电话里明确说："就是变了。"

吴旭君又强调说："我曾反复问过，而主席还说，'赶快办！要不然来不及了！'"王海容这才回答说："我马上去办。"

这时已经是深夜12点，值班室的各位也来不及领会、琢磨毛主席改动批件的思路，只能抓紧协助办理。

王海容在值班室按照正常的程序，先将主席要重办的指示向周总理做了报告，然后又经主管部长过目后，立即通知了名古屋。

通知内容是："关于美国乒乓球队要求访华一事，考虑到该队要求诚恳，表现热情友好，现在决定同意邀请美国乒乓球队包括负责人在内来我国访问。可在香港办理入境手续，旅费不足可补助。请将办理情况、该队来华人数、动身时间等情况及时报回。"

在日本，7日凌晨，中国乒乓球队领队接到外交部"邀请美国队访华"通知后，立即行动，约见美国球队副领队，转告他，中国以中国乒乓球协会名义，正式邀请美国队回国时顺访中国。

美国领队哈里森听到这个消息，吃惊不小，他梦寐以求的事情终于实现了，一切猜疑顿时烟消云散。他立即表示：感谢邀请，感谢中国乒乓球队的大力协助，访华是他们最大的愿望。

高举反美旗帜的中国，邀请美国球队访华。这件事成为日本乃至世界新闻媒体的一条爆炸性的新闻。

美国《时代》周刊形象地说："这乒的一声，全世界都听到了。"

中国邀请美国球队访华一事，在美国引起了轰动，产生了极不寻常的反响。

美国总统尼克松立刻做出了反应，他宣布对中国实行五项放宽措施：美国将迅速把签证发给中国要求访美的个人或团体；准许中国使用美元；取消对美国石油公司向来往于中国的船只或飞机供应燃料的限制，但来往于中越、中朝、中古的运输工具除外；准许在非中国港口之间运中国货物、悬挂外国旗帜的美国运输工具，可去中国港口；美正着手开出向中国出口非战略物资清单，批准后将允许中国直接进口指定的物资。

　　这就是毛主席卓有成效的外交方略，他以他的智慧，让小球滚动大球，并借尼克松的反应，答复尼克松的口信，既推动了双边国家关系，冲破了对华的贸易禁运，也提高了中国的声望和地位，使得世界格局发生了惊人的变化。

周恩来智答"嬉皮士"

　　在中国，举国上下，一双双热情友好的眼睛都热烈地盯着美国朋友的到来。

　　当时，和美国球队代表团同时来访的还有英国、加拿大、哥伦比亚、尼日利亚等四个国家的代表团。

　　按接待方案，各国球队抵京后，于4月14日请周恩来总理在人民大会堂会见五个国家的代表团，以示重视。

　　为安排周总理的会见，外交部礼宾官在大厅里用沙发围成五个圆圈。各国代表团可在各自的圈里就座。

　　对五个圆圈的顺序安排，有个要求，一定要做到各国一视同仁，不必突出哪个国家，又要给周总理和美国队多说几句话的机会。

根据这个要求，这五个代表团的顺序究竟如何安排为好呢？对此，现场的礼宾高手们也都有点儿为难。

最后，周总理出了个主意：五个沙发圆圈的先后顺序按英文字母顺序排列。这样排列的结果是，当周总理走进来第一个握手见面的是英国队，最后一个见面的是美国队。这样周总理就可以和美国队的成员多说几句。如此安排既得体，又不特殊，无可挑剔。

当周总理风度翩翩地走进大厅时，在场的中外来宾掌声雷动，都很礼貌地向这位举世闻名的大国总理表示敬意。

周总理和英、加、哥、尼四国代表队分别寒暄后，特意很自然地用了较长的时间，同美国代表队攀谈了起来。

周总理对美国球队及其随行记者说："中国人民和美国人民过去的往来是频繁的，以后隔断了很长时间。你们这次应邀来访，打开了两国人民友好往来的大门。""我相信中美两国人民的友好往来，将得到两国大多数人民的赞成和支持。"

美国球队领队听到周恩来总理对他们的访华评价很高，十分高兴。但他无论如何也没想到，他们的来访，竟然推开了中美两国人民交往的大门。这可是一个具有历史意义的时刻，也是他率队来访的最大成就。他听后，不知应该用什么外交语言回报这位堂堂的大国总理。于是，他对着周总理只说了一句："周恩来先生，我们希望中国朋友能到美国去。"周总理立即做出表示："可以去！中美两国人民以后会经常彼此友好往来的，对不对？"这时，美国运动员爆发出热烈的掌声，以表示赞同。

周总理希望和美国运动员们多谈几句，而美国运动员显得有些拘谨，不好意思乱说话，气氛显得有点儿不活跃。这时，美国队员科恩（在日本和庄则栋交了朋友）憋不住了，他突然问周总理："我很想知道，总理怎样看待今天美国青年中的嬉皮士？"

问题问得唐突，而且嬉皮士是美国青年的一种时麾思潮。科恩问的虽然有些不那么切题，但在座的美国青年人还是很想听听周总理会怎么回答。

周总理从容地回答说："今天，世界青年可能对现状有点儿不满，想寻找真理。……寻求真理的途径，总要通过各种实践，来证明对还是不对。这在青年时代是许可的，各种思想都要通过实践检验一下。"

这时，科恩插话说："嬉皮士是一种新思想，目前没有多少人熟悉它、了解它。"

周总理接着说："一个普遍真理，最后，总要被人们认识的。这和自然界的规律一样。我们赞成任何青年都有这种探讨的要求，这是好事。要通过自己的实践去认识，总要找到大多数人的共同性。这就可以使人类的大多数得到发展、得到进步、得到幸福。"

周总理回答的问题，没有讲阶级，没有讲斗争，而是讲到用辩证唯物主义的观点和方法去探讨和认识客观世界。周总理讲得得体，有说服力，而且又没伤害美国青年中一部分嬉皮士的信仰，反而认为这是美国青年寻求真理的必然产物。周总理的回答使科恩等人大为敬佩，不断地报以掌声。

最后，周总理对在座的美国青年朋友说："我请你们回去向美国人民转达中国人民的问候！"

美国总统尼克松十分敏感地注视着美国乒乓球队在华的活动，也十分关注中国在外交上的一举一动，并及时地做出相应的友好反应。中国当然也不错过这个与美国改善关系的时机。这就叫作礼尚往来。

就在这时，毛主席在书房里对王海容说："美国总统会派特使来华的。"

果然，5 月 19 日，中国外交部收到尼克松的口信。尼克松在口信中表示，为解决两国之间的分歧问题，并出于对两国关系正常化的重视，尼克松本人准备访问北京，同中华人民共和国领导人进行直接交谈，双方都可以自由提出各自关心的主要问题。

尼克松还提议，由基辛格博士同周恩来总理或另一位适当的中国高级官员举行一次秘密的预备会谈。

最后，尼克松还提议，基辛格准备在 6 月 15 日以后到北京来。

基辛格来去匆匆

1971 年 5 月 31 日，中国请巴基斯坦总统叶海亚·汗转告尼克松：周恩来总理认真研究了尼克松的口信，并向毛泽东主席报告说尼克松准备接受他的建议访问北京，同中国领导人直接会谈。毛泽东表示，他欢迎尼克松来访。周恩来欢迎基辛格博士来华做一次秘密预备性会谈，为尼克松访华做准备工作，并进行必要的安排。

当基辛格将叶海亚·汗转告的口信告诉尼克松的时候，两人都非常高兴。尼克松面对中国的这一口信，激动地说："这是第二次世界大战以来，美国总统收到的最重要的信件。"

尼克松立即回信表示，感谢欢迎他访华，并提议基辛格于7月9日从巴基斯坦秘密飞北京，11日离开。

基辛格访华是在极为秘密的情况下进行的。

这是美国方面的需要，估计是美方对中方不太了解。秘密访华，可伸可缩。对中国来说，公开来、秘密来，都可以。

尽管北京正处在"文革"鼎盛时期，美国在中国人的心目中声名狼藉，反对霸权主义、反对美帝国主义的气氛，温度依然很高，但是中国有一个最大的特点，就是全国人民对毛主席极为敬爱，只要毛主席发出最高指示，或说上一句话，全国人民都会照办无误，坚决执行，谁都不会有三心二意。

因此，基辛格如果公开来访，也不会有碍他的访问效果，而且他还可以公开地开展一些活动，可以自由地做些社会调查，说不定他会对中国有一个更深层次的了解。正如毛主席曾说过："既然要来，就公开来嘛，何必藏头露尾呢！"

既然美方希望密访，作为主人当然会给予配合，为美方保密。

7月1日，为了避人猜疑，美国白宫新闻发言人在例会上向新闻界公开宣布："尼克松总统即将派基辛格博士于2日至5日到越南南方执行调查任务，随即到巴黎同戴维·布鲁斯磋商。基辛格在赴巴黎途中，将同泰国、印度、巴基斯坦官员进行会谈。"

8日，基辛格到达巴基斯坦，准备在伊斯兰堡停留两天。在巴基斯坦总统为他举行的晚会上，他假装肚子痛。总统叶海亚·汗随即宣布，由于伊斯兰堡天气太热，影响了基辛格博士的健康，只好请他去那蒂亚加利总统别墅休息。

为了以假乱真，巴基斯坦前驻华大使、叶海亚·汗总统的亲信，特意派出一支车队，插上美国国旗、招摇过市地开往总统别墅。有些感兴趣的外交官和记者要求去总统别墅探望，均被婉言劝退。

至于基辛格被藏在什么地方，我们弄不清。几个小时之后，基辛格被一辆神秘的黑色轿车送到了机场。

当时，中国既没有波音707，也没有伊尔-62。中国派去迎接基辛格的章文晋，也只能乘巴航波音707，于9日凌晨4时，从巴基斯坦飞往北京。

9日上午，在北京南苑机场，迎接基辛格的是叶剑英。

敦促尼克松来华方案的新意

外交部主管美国事务的乔冠华和章文晋，出于工作需要，非常重视基辛格这次的秘密来访。主持中国外交工作的周总理更是责无旁贷。大家的共同愿望是，一定要把这次同美国总统特使的政治会谈搞好，搞成功。

尽管中国对基辛格来华的底牌毫不了解，但中国只能在坚持原则立场的基础上，力争让中美两国互相敌视、互相隔绝的不正常关系能有所突破、有所改善，至少通过双边接触，能够缩短彼此的距离，消除某些隔阂，为尼克松访华创造一些有利条件。为此，外交部还准备了一个会谈方案。

与此同时，外交部还要密切关注尼克松总统的动向。

恰在基辛格离开美国之后，尼克松在美国堪萨斯城发表了一篇讲话，他讲出了一个美国调整对外政策的国际背景和思想论断，他认为世界出现了"五个力量中心"，把中国也包括在内。他强调说，与第二次世界大战后初期相比，"美国遇到了甚至做梦也想不到的那种挑战"，因此，必须调整政策，包括采取步骤结束与中国隔绝的状态。

尼克松的这番话是说给全世界听的，也是说给中国听的。他是从战略角度，进一步阐述他独特的政治见解。

尼克松的这个论述，也引起周恩来总理以及我外交部的重视。

在此期间，外交部还按照周总理的要求搜集了一些有关尼克松、基辛格的个人资料，以便知己知彼。我们还通过香港买了不少西方出版的图书，还买过一本在美国畅销、在台湾发行的中译本《季辛吉这小子》（季辛吉即基辛格）。这些书除送周总理办公室外，我们人手一册。这类事务性的准备工作，相对容易，比较好办。

比较难办的，还是会谈方案的起草工作。

在一般情况下，会谈方案谈友好愿望容易，谈焦点分歧难。

我们的经验是，搞文件、定方案、写文章，必须先把中央精神吃透、掌握好，否则写出的东西不伦不类，这个一点也不能含糊。

70年代伊始，中国也注意到尼克松的一系列讲话，也看出尼克松要改善美中关系的迹象。中国应该怎么办？中国共产党刚开过第九次代表大会。九大的精神，就是像政治报告中说的："美帝国主义至今还霸占我国领土台湾"；"我们要做好充分准备，准备他们大打，准备他们早打，准备他们打常规战争，也准备他们打核战争"。

当然，台湾是中国领土。主权问题我们永远是寸步不让、寸土必争，没有任何可商谈的余地。原则问题不解决，谈何缓和双边关系？

在这种情况下，中国对尼克松的姿态，只能遵照毛主席与斯诺的谈话精神，给予高度重视；对与基辛格的会谈方案，也只能根据中国对外一贯的原则立场，提出几条初步设想。

在基辛格抵达北京之前，周总理多次召集章文晋等有关人员开会，对国际形势和美国情况进行了认真的分析和研究，对外交部有关会谈的初步设想进行了审定，并提出了一个会谈方案。

这个会谈方案的主要内容是：美国要承认中华人民共和国政府是中国的唯一合法政府，反对台湾独立；美方确定撤军，并承认收复台湾是中国的内政；美国从印支撤军；等等。

这个初步会谈方案，反映了中国对美国的一贯原则立场。拟订后，周总理立即批请毛主席审定。

毛主席看到这一会谈方案，为敦促尼克松早日访华，提出了尼克松来访，我不提出先决条件等几点意见，并让王海容转告周总理等人。

周总理看到意见后，心悦诚服，认为毛主席的考虑高瞻远瞩，全面周到，立即对原方案进行了修改。

修改后的会谈方案，毛主席看过并在他的名字下画个圈，表示同意。

周恩来的才华震撼了基辛格

在基辛格访华期间，周总理在前台严格做到向毛主席事先请示，事后报告。而毛主席也对与基辛格的会谈及时提出比较中肯的意见。

1971 年 2 月 9 日中午，基辛格一行进驻钓鱼台国宾馆。由于面临的一切还都是未知数，他无心品尝午餐的美味佳肴，也无兴致欣赏有南国园林风光的国宾馆，一心琢磨的是应如何和中国共产党人进行这一紧迫的会谈，还要力争在 48 小时之内完成尼克松交给他的使命。

基辛格等人在午饭后，便坐在大厅里，等候中方的安排。

当得知周恩来总理马上要到宾馆时，基辛格率领美方全体随行人员，有礼貌地排在门口的屏风前，迎候中国总理。当周总理迈入大门时，基辛格立即上前和周总理握手。

双方稍事寒暄，便入座开始正式会谈。

周总理讲了几句轻松的话之后，提议说，按中国的习惯，请客人先讲。

基辛格二话没说，认真地读起了事先准备好的发言稿。

基辛格发言的主要内容是，介绍尼克松给他的两个任务：商谈尼克松访华日期及准备工作，为尼克松访华召开预备性会议。接着基辛格就几个重大问题，谈了美方的看法。

关于国际形势，基辛格说：现在尼克松政府面临如何使美国对外政策适应新的现实的艰巨任务；美国要结束一场痛苦的战争；对于遥远的国家①来说，要靠自己保卫自己，只有在它们受到苏联的威胁而不能抵御时，美国才进行干预。

关于台湾问题，基辛格说：尼克松政府已采取了几项象征性步骤：美舰停止了在台湾海峡的巡逻，撤销了一个空中加油机中队。目前，美国在台湾的军力，三分之二与印支战争有关，尼克松已决定在本届任期内，先撤出三分之二的军力。随着中美两国关系的改善，再削减在台湾余留的军事力量。

关于台湾的政治前途，美国保证做到如下几条：不支持"两个中国"或"一中一台"，但希望台湾问题能和平解决；承

---

① 我认为"遥远的国家"是指中东以及东南亚各国。

认台湾是中国的一部分，不支持台湾独立，不再重复"台湾地位未定论"；美蒋条约留待历史去解决；美国不再指责和孤立中国。

关于正式承认中华人民共和国政府为唯一合法政府这一政治问题，要到美国大选以后才能解决。

关于恢复中国在联合国合法席位问题，基辛格表示，美方将撤销需要三分之二多数的"重要问题方案"，同意以简单多数票接纳中国，并同意中国取得安理会席位，但开除台湾当局的代表则必须有三分之二多数票通过。

接着基辛格还谈了印支、日本、美苏关系、南亚次大陆问题。

基辛格讲完这些看法之后，已到晚饭时间。当主客准备离开座位时，周恩来总理很轻松地对基辛格说："交谈嘛，何必照着本子念呢？"

很会说话的基辛格很得体地回答说："我在哈佛教了那么多年书，还从未用过讲稿，最多拟个提纲，可这次不同，对周总理，我念稿子都跟不上，不念稿子，就更跟不上了！"说得大家哈哈大笑，气氛融洽、和谐。

晚餐后，接着会谈，周恩来针对基辛格所谈到的各问题，坦率地谈了自己的看法。

关于国际形势，周恩来说：在二战结束以来的二十五年中，世界大战没有打起来，但局部战争从未停过。美国到处伸手，苏联急起直追，进行对外扩张，结果都陷入了困境。两个超级大国的争夺，使世界局势一直处于紧张和动乱之中。

关于台湾问题，周恩来说：台湾是中国的一个省，早已归还中国；我们与蒋介石集团的关系是中国的内政问题；美国必须从台湾和台湾海峡撤出它的一切武装力量和军事设施；美蒋共同防御条约是非法的，中国决不承认。

接着，周恩来针对基辛格对台湾的态度，明确指出：如果尼克松访华后对台湾问题仍无明确表态，对世界舆论的影响是不堪设想的；美国一方面要改善对华关系，一方面又只提军事存在问题，不解决政治问题，这就使美国处于矛盾的地位。周恩来还指出，在美国撤出台湾之前，不能让台独分子在台湾活动。

关于恢复中国在联合国合法席位问题，周恩来明确反对基辛格所说的美国立场，并表示中国反对美国的做法。周恩来还说，对中国来说，进不进联合国并不在意，问题是美国将陷于矛盾和困难之中。

会谈已进行到夜里 11 时，周恩来建议休会，明天再谈。

周恩来和基辛格的第二轮会谈是在人民大会堂进行的。

第二次会谈前，周总理和毛主席充分交换了意见。

会谈中，周总理根据毛主席的外交方略，巧妙地结合基辛格所谈的问题，把要讲的话说得很透。

周恩来把话点到，已完全体现了毛主席的指示，也觉得不必把气氛搞得那么紧张。为了缓和一下气氛，他接着说了一句："我们先吃饭吧！烤鸭就快凉了！"

吃过烤鸭之后，宾主又在和谐的气氛中，回到了谈判桌。

这时，周恩来就尼克松访华日期问题提出了一个建议，他说："尼克松总统可以在 1972 年夏天来华访问。"基辛格说："如果总统夏天来，离美国大选太近，有争选票之嫌。"周恩来立即建议说："那就 1972 年春天来访吧！"对此，基辛格立即表示同意。

中美发布联合公告，"大三角"失衡

基辛格作为总统特使秘密访华，来去匆匆，不动声色，不留痕迹，而他第二次到访，顺利地为尼克松总统访华奠定了基础。这也是双方事先都难以预料的成功。

基辛格在临行前再次提出，他这次来访，势难长期保密，而且他们也要向世界宣布尼克松总统即将访华，为此，美中双方应该商榷一个措辞相同的"公告"。

基辛格的要求合情合理，立即得到周恩来的响应。但在具体措辞上，双方经过了一番沟通，才达成了共识。

一、关于尼克松访华是谁主动提出的问题，基辛格不赞成生硬地写上"尼克松要求访华"。周恩来根据毛主席"尼克松来访，谁也不主动，双方都主动"的精神，提议在公告中写"获悉"尼克松希望访华，中方邀请。周恩来的提议，皆大欢喜，双方都有面子。

二、关于会谈将要讨论什么问题，基辛格不赞成尼克松来华只谈台湾问题，他表示尼克松还要讨论中美关系问题。对此，周恩来根据毛主席"不要有先决条件"的精神，建议在公告中写"双方就共同关心的问题交换意见"。

三、关于尼克松来访的时间问题，按通常的国际惯例，应该尊重美方自己的安排。周恩来便将尼克松访华时间写为5月以前，不说死，以便灵活安排。

基辛格看到中方审定的公告稿时，一再表示满意，并认为，中方设身处地地考虑了美方的意见，同他们的要求非常接近，他立即表示同意，还在"接受邀请"四字之前，加上了"愉快地"。

最后，双方商定，关于基辛格此次访华和尼克松将应邀访华的公告于7月15日双方同时公布。

公告全文如下：

周恩来总理和尼克松总统的国家安全事务助理基辛格博士，于1971年7月9日至11日在北京进行了会晤。

获悉尼克松总统曾表示希望访问中华人民共和国，周恩来总理代表中华人民共和国政府邀请尼克松总统于1972年5月以前的适当时间访问中国，尼克松总统愉快地接受了这一邀请。

中美两国领导人的会晤，是为了谋求两国关系的正常化，并就双方关心的问题交换意见。

基辛格完成了秘密访华的使命，于第三天愉快地飞离北京。

在他临行前，对其访华成果，他说："超过了原来的期望，圆满地完成了秘密使命。"公告一发表，引起了世界震动。苏联一下子在"大三角"关系中丢了不少筹码，日本面对变化了的国际形势，也急忙掉过头来，紧紧跟上，许多国家纷纷要求与中国建立大使级的外交关系。这是中华民族具有历史意义的外交成就，也是新中国全面与世界接轨的开始。

第八章

在交锋中循循善诱

基辛格等人为安排尼克松总统访华，奉命公开来京、预做准备。

此事就美国高官说来，公开来京，如同进入了反美帝、反霸权的汪洋大海之中，能否平安上岸，他们自己也不得不踌躇几分；就中国人民说来，也有个急弯要转。

当年，由于美国占据台湾，中国人民对美帝无不咬牙切齿，反美帝、反霸权的义愤和怨恨，已在人民心目中结成了难以解开的疙瘩。

这个弯怎么转？这个疙瘩怎么解？

基辛格学会"放空炮"

基辛格第一次访华，是秘密进行的，他对宾馆以外的情况一概不知，因而不存在一个转弯或解疙瘩的问题。而基辛格第二次访华是公开的，就存在一个对外、对内不得不解开的疙瘩。

说实在话，对内的问题不难解决。全国人民都会听党中央、毛主席的，都有党中央的指示照办无误的信念。

而对外，要与美国朋友解除某些疙瘩，为双方沟通创造某些气氛，却是一个应该解决而又不大容易解决的难题。

基辛格第二次访华，和他第一次访华大不相同，他这次来华，被看成是具有历史意义的、轰动全球的外交行动，因而他踌躇满志、兴高采烈。

更使基辛格满意的是：他乘坐的飞机是从未在中国领空飞行过的美国总统专机——空军一号。飞行路线也是为尼克松访华设定的，中途还在夏威夷和关岛停留，倒倒时差。他这次访华的随行人员，相当于尼克松总统访华的全部人马。他对中国的对美政策和尼克松的"底盘"也都十分清楚。因而，他信心十足地飞抵北京。

然而，当基辛格抵达北京之后，有几件事使他有些不自在，缺乏思想准备。

1. 到机场出迎的，仍然是上次来访时出迎的官员，只是加上了外交部代部长姬鹏飞。按通常情况，机场这样的迎接规格，也真是比较高了，但在基辛格看来，还有些不过瘾，似乎应该比上次秘密访华的规格再高一点儿，再热闹一点儿，对外报道也更体面些。

2. 从机场到宾馆的沿途，为方便基辛格的车队，交通已被中断，沿途已被戒严，并布有警察。

3. 在几处街道上空仍然悬挂着"打倒美帝国主义"的横幅标语。

4. 美国朋友到达国宾馆后，基辛格在房间里发现，摆在桌子上的一份英文通讯稿，上面印有"全世界人民团结起来，打倒美帝国主义及其走狗"的口号。

这就使基辛格更感到不快和担心，甚至还以为美中刚开始的这种十分脆弱的和解进程发生了什么变化，于是，敏感的他便到洛德等人的房间去看了一下。看的结果是，各个房间都有这份同样的电讯稿。

聪明的基辛格立即让洛德把所有美国随行人员房间里的英文电讯稿都收集起来，然后一并交给中方外交部礼宾司官员，还说了一句："这些材料一定是以前的一个代表团丢在这里的。"

"文革"期间，在国内，摆放反美帝的电讯稿或宣传品，比比皆是。这对中国人说来早已司空见惯，根本不当一回事；但是摆在外宾的房间里，就会引起人家的不满，似有强加于人的意思。

当时，我们的出国代表团，在国外如发现有对中国稍有不尊重的情况，就会立即向东道主提出不满意见，或提出抗议。而基辛格对此事的处理，十分得体，还巧妙地表达了他们对此事的态度。

周恩来得知基辛格对英文电讯稿的反应和大街上反美横幅等情况后，非常生气，立即质问外交部礼宾司司长韩叙："为什么要摆放这些东西？"回答说："这是新华社历来的惯例，有外宾来，就提供新闻电讯稿。"为此，周恩来严厉地批评了外交部接待工作有漏洞、有疏忽。

这一批评固然没有错，但挨批的人必是有苦说不出。当时谁也不想违背反美帝的宣传精神。好在外交部的礼宾官比较聪明，反应快，对总理的批评，欣然接受，立即改正，还一再保证永不再犯。

当天，毛主席在基辛格接待简报上看到这一情况，他立即对身边的人说：

"告诉他们，那是'放空炮'！"意思是让美国朋友对此事不必大惊小怪。

就这样，毛主席也没指责下面，却以自己的名义把事情说清楚了。

也就从那时起，"放空炮"这几个字，竟成了我们在某种场合下的外交术语。

第二天，姬鹏飞代外长在陪同基辛格去人民大会堂的路上，特意向基辛格解释说："每个国家都有它同群众联系的方法。你们用报纸和电视，中国则用大街上挂的标语。"说着，姬鹏飞指着大街上挂的横幅说："昨天写有反对美帝横幅的标语，今天已换成欢迎亚非乒乓球赛的英文标语。"示意那些反对美帝的标语，昨夜已经全换了。

接着，周恩来在双边会谈中，就英文通讯稿一事，对基辛格说："毛主席讲，我们是注重行动的。我们希望美国朋友应该注意中国的行动，而不是它的言辞。有些宣传口号是'放空炮'。"

"放空炮"三个字，解决了中美关系中的一个误会，解开了一个难以解开的疙瘩。

基辛格对此确也心领神会，第二年，他在纽约碰到乔冠华时，笑嘻嘻地对乔冠华说："你今天又在联合国大会上'放空炮'。"

毛泽东与尼克松"坐而论道"

1972年2月21日，尼克松一行于上午11时30分到达北京，中午在钓鱼台国宾馆稍事休息，就安排吃午饭。基辛格提出要在下午3时与周恩来商谈他们的访华日程。

但谁也没料到，客人刚刚吃过午饭，下午2时40分，毛主席突然提出要立即会见尼克松。

在通常情况下，国宾的重大活动的时间都要共同商量，但毛主席突然要见尼克松一事，如此之急，如此之匆忙，似乎已经打破常规。毛主席这样做一定有他的想法和意图，但当时谁也没有预料到。周总理得知后，立即照办。

基辛格得知后，感到有些突然，没有思想准备。在摸不着头脑的情况下，基辛格却很高兴地表示，这是对尼克松总统的重视，是好事。当周恩来问基辛格，谁陪尼克松总统前往时，基辛格回答说："我去，还请中方允许洛德随去做记录。"

毛主席在书房里会见尼克松，中方陪同会见的是周总理，美方是基辛格和洛德。会见的时间不长，于下午 3 时 50 分结束。双方所谈到的问题，概述如下：

1. 谈哲学

毛主席在寒暄后说："今天你在飞机上给我们出了个难题，要我们吹的问题，限制在哲学方面。对于这个问题，我没有什么可说的，应该请基辛格博士谈一谈。"

这时，基辛格和尼克松异口同声地说，他们都读过毛主席的诗词和选集。

毛主席说："我写的东西，了无新意。"

尼克松说："主席的文章震撼中国，改变了世界。"

毛主席说："我没有能力改变世界，我能改变的只是北京附近的几个地方。"

接着，毛主席把话锋转到台湾问题，他说："我们共同的老朋友，就是蒋委员长，他可不赞成，他说我们是'共匪'。其实我们跟他做朋友的时间比你们长得多。"

当尼克松正要就台湾一事谈点儿什么，毛主席抢先说："这些问题，应该与总理（周恩来）讨论，我们讨论哲学问题。"毛主席巧妙地把台湾这个难题吊了起来。

2. 谈友好

毛主席对尼克松说："你当选我是投了你一票的！"尼克松高兴地说，主席说曾投我一票。毛主席接着说："我喜欢右派。人家说，你是右派，共和党是右派，希思前首相（英）也是右派。……大家说西德的基督民主党也是右派。我比较乐见这些右派掌权。"

3. "中美不存在打仗问题"

毛主席说："来自美国方面的侵略，或者来自中国方面的侵略，这个问题比较小，也可以说不是大问题，因为现在不存在我们两个国家互相打仗的问题。你们想撤一部分兵回国，我们的兵也不出国。所以我们两家怪得很，过去二十二年总是谈不拢，现在从打乒乓球算起不到十个月，如果从你们在华沙提出建议算起两年多了。"

尼克松插话补充了一句，他说："我们彼此的疆界领域均不会构成威胁。"

4. "放空炮"

当尼克松说，他读过毛主席的著作，懂得"只争朝夕"。毛主席对着基辛格说："大概我这种人'放空炮'的时候多，无非是全世界人民团结起来，打倒帝国主义、修正主义和一切反动派，建设社会主义。"

接着毛主席又说："就个人来说，你（指尼克松）可能不在打倒之列，可能他（指基辛格）也不在内。都打倒了，我们就没有朋友了嘛。"

5. "一定要谈成"

毛主席为缓和气氛，对尼克松说："我跟早几天去世的记者斯诺说过，我们谈得成也行，谈不成也行，何必那么僵着呢？一定要谈成。""一次没有谈成，无非是我们的路子走错了。那我们第二次又谈成了，你怎么办啊！"

6. 发展贸易和科技交流

关于双方经贸、科技交流，毛主席饶有兴致地说："我们办事也有官僚主义，你们要搞人员来往这些事，搞点小生意。我们就是不干，包括我在内。后来发现还是你们对，所以就打乒乓球。"①

毛主席和尼克松这一具有历史意义的会晤、交谈，对解除中美间某些误解，打破僵局，起了不小的作用。

尼克松事后在他的回忆录中，对毛主席这次谈话，有这么几句评论："毛主席有一种非凡的幽默感。他永远是谈话的中心，在他的引导下，这一历史性的重要会晤，是在一种漫不经心的戏谑、玩笑的气氛中进行的，伴随着轻松的俏皮话，使人觉得是几个经常来往的熟人在聊天，一些十分严肃的原则性的主题，在毛主席诙谐、随意的谈吐中暗示出来。"

欢迎国宴上吃了啥？

欢迎美国总统的国宴，在新中国历史上是第一次，也是中国外交史上成功的一次国宴。

中美两国领导人在国宴上，互相祝酒、互相碰杯，先后发表祝酒词，为两国走出冷战、结束敌视，为两国关系一步步正常发展，为两国人民一步步友好往来，表示了良好的祝愿。这

---

① 毛泽东同尼克松的谈话记录参见《毛泽东传（1949—1976）》（上），中央文献出版社 2003 年版，第 1638 页。

种气氛，令人振奋。

我有幸出席了周恩来总理主持的欢迎宴会和尼克松主持的答谢宴会。我和同志们一样，在宴会上都被宾主所倾注的友善与和谐气氛所感染，很为之兴奋和感动。

在欢迎宴会上，仅就国宴的程序、招待、演奏等必要的高规格安排，与其他国宴相比，还看不出有什么大的不同之处，然而，经过仔细观察，这一国宴确有许多别开生面之处。

国宴吃了些什么

鉴于本次事件的重大意义，这次宴会事先经过了精心的设计和安排，甚至菜谱也是经过周总理过目而定的。

宴会上的这些美味佳肴，在今天看来，不足为奇，在许多饭店都可以吃得到。而在当时，你即便走遍大江南北也难得一见。

冷盘：黄瓜拌西红柿、盐煽锅鸡、素火腿、素鲫鱼、菠萝鸭片、广东腊肉、腊鸡腊肠、三色蛋。

热菜：芙蓉竹笋汤、三丝鱼翅、两吃大虾、草菇盖菜、椰子蒸鸡、杏仁酪。

点心：豌豆黄、炸春卷、梅花饺、炸年糕、面包、黄油。

周总理邀美国工人上国宴

尼克松访华前夕，中美双方商定，美国政府将派几位专家和工人来华，协助北京等地修建卫星地面站。

这几位美国专家和工人把这次来华使命看成是他们一生中最为幸运的事，因而在工作中个个都是认真负责，一丝不苟。

当北京卫星地面站工程已初具规模的时候，一位美国工人在闲谈中，对中国外交部的新闻官说："周恩来总理为尼克松总统访华所举行的欢迎宴会，将是一个具有历史意义的盛会，举世瞩目。如有可能，请你们帮忙把用过的宴会请帖送我一张，我想把它留作我来中国的重要纪念。"

中方礼宾官得知此事，立即向美国工人表示，将努力帮他办到。

当时，中方礼宾官把美国朋友这一诚挚的要求，牢牢地记在心上，并向领导做了报告。

周恩来得知美国工人这一要求时，立即做了批示：可请这些美国工人和专家出席欢迎尼克松的国宴，并指示外交部礼宾司立即给他们发送请帖。

这件事，在几位美国工人和专家当中引起了极大的震动，他们自认为能够来华对美中合作做点儿贡献已经是他们梦寐以求的事情，万万没想到能够应邀出席中国总理的欢迎宴会。

一位手持国宴请帖的美国专家对中方工作人员说："我要将我出席中国总理的国宴一事，以最快的速度告诉我的亲友，让他们在美国分享我的快乐和我的幸福；我将把这个国宴请帖永远保存下去，让我的孩子们都能和我一样，为此感到骄傲！"

在国宴上，这些美国工人和专家不仅近距离地看到了他们的总统尼克松，还见到了中国国家领导人。更使他们意外的是，周恩来总理在宴会厅的舞台上发表了祝酒词之后，走下台来，先和尼克松、基辛格等美国领导人一一碰杯。然后，周总理还特意走到这些特邀的美国工人和专家面前，与他们碰杯，还说了几句祝愿和感谢的话。周总理跟他们说了什么，因为距离我的座位较远，听不到，但从他们的表情可以看出，他们都很激动，可以说喜出望外。

这件事，对美国工人朋友来说，确实是件感人肺腑的礼遇，可以传为佳话；对我们来说，在我们的民间外交史上，增添了一束绚丽的光彩。

美国民歌抒发情怀

毛主席和周总理作为好客的主人，在接待尼克松的工作中，事事想着让客人满意，处处想着不使客人为难，尽量做到让尼克松有宾至如归的感觉。

在接待尼克松的方案中，周总理特意出了个主意，要在欢迎国宴上演奏几首美国的著名歌曲。这个主意得到毛主席的批准，其效果出乎意料的好。

宴会气氛的高潮，是主、宾一句句的祝酒词所引起的长时间的掌声。尼克松在祝酒词中还引用了毛主席的诗词，他说："毛主席写过，'多少事，从来急；天地转，光阴迫。一万年太久，只争朝夕'。现在就是只争朝夕的时候！"这个诗句，尼克松用得恰到好处。

中国人对这首诗都很熟悉。当我们听到它出自尼克松之口，听得顺耳，听得感动，无不热烈鼓掌。这一融洽的气氛使出席这次国宴的每个中国人，都很自然地和美国朋友拉近了不少。

周恩来总理在他的祝酒词中说："美国人民是伟大的人民，中国人民是伟大的人民，我们两国人民一向是友好的。由于大家都知道的原因，两国人民之间的来往中断了二十多年，现在经过中美双方的共同努力，友好往来的大门终于打开了。"

这句话引起尼克松的极大兴趣。尼克松意识到，周恩来总理所说的这扇大门是他主动推开的，他的名字和他对中美关系转好的贡献必将永垂青史。于是他早早地举起酒杯，等周恩来总理从讲台回到主桌时，高兴地同周恩来总理碰杯，表示感谢和祝贺。

然而，在周总理主持的国宴上，让尼克松心花怒放、异常亢奋的，是在宴会厅的后侧军乐队演奏的美国歌曲。

正当尼克松静静用餐的时候，他十分敏感地听到了军乐队演奏的美国著名歌曲《美丽的亚美利加》，他愣住了，放下刀叉，屏着呼吸，静静地欣赏完这首曲子。

据查，尼克松很喜欢这首歌曲，他曾指定在他就任总统的典礼上演奏这首曲子。

尼克松在中国的国宴上深深陶醉于这首歌曲的美妙旋律中，仿佛他已回到了白宫。

尼克松在宴会即将结束的时候向周总理表示，要到军乐队旁去致谢。说着，他就在周总理的陪同下，走到宴会厅的正后侧。

当尼克松走近中方军乐队的时候，中方军乐团团长一声令下，全体乐队队员手持乐器整整齐齐地站了起来，如同三军仪仗队，听着口令向尼克松行注目礼。

这时，周总理对乐队说："尼克松总统来看你们！"接着，尼克松向乐队全体成员说："我听到你们演奏的美国歌曲，很高兴，我感谢你们为我们所付出的辛劳。你们演奏的《美丽的亚美利加》惟妙惟肖，实在美极了。我感谢你们。"

最后，尼克松在周恩来的陪同下，在众人的鼓掌声中，慢步离开了宴会厅。

接着，军乐队又用节奏欢快的歌曲送走了这次国宴的八方来客。

优美的旋律在宴会厅里回荡……这个小小的插曲，引起了新闻媒体的广泛关注，也很快传到了大洋彼岸。

长城景点找不到电话

中国是一个具有五千年历史的文明古国，中国人民既不傻，也不笨，为什么时至20世纪70年代，我们的经济发展、科技水平远远落后于西方各国？面对这么大的差距，谁不为之感叹，谁不为之着急。

尼克松访华时，我们没有通信卫星，没有卫星地面站，甚至在世界著名的长城景点，竟然连一台普通电话都找不到。

这天，尼克松在叶剑英的陪同下，来到长城游览。

尼克松站在长城之上，眺望四周，赞叹不已，他连声说："这是一个伟大的建筑，是一个人类的奇迹。"接着他告诉叶剑英，他曾看过从卫星拍下来的长城照片，十分壮观。它已经是地球的一个明显的标志，也可称之为人类和平的标志。

叶剑英回应说："毛主席有句名言，'不到长城非好汉！'"

尼克松惋惜地说："我今天到了长城，但爬不到长城的顶峰，也就成不了好汉了。"尼克松夫人笑着说："为什么只讲'好汉'，不讲'好女'呢？我们妇女不登长城吗？"这句话引得大家哈哈大笑，使气氛充满了和谐。

接着尼克松高兴地议论说："走一万六千英里来看长城是值得的。我认为，不仅是美国人，对所有国家的人来说，能有机会到中国参观，都是一件很可贵、很值得的事啊！"

这时，随同游览的美国白宫记者团首席记者向中国外交部新闻司负责人江承宗提出，要在长城给市内的新闻中心打个电话，准备发一篇有关总统在长城上讲话的报道。这个最为普通的要求，却使江承宗十分为难，他在长城周围到处询问，竟然在长城这个旅游景点以及其服务处找不到一部电话，无奈，他只好同美国记者商定，到下一个参观景点——明十三陵地下宫殿时再说。

这件事，不仅使当事人江承宗很尴尬，其他听到此事的人，也都觉得很难为情。

殊不知，美国这些随团记者，时间观念很强，他们不仅要随时报道总统访华实况，还要抢先发表消息。如果做不到这一点，同样的消息被人家抢了先，他们会感到很沮丧。

美国记者急了，我们也急了。但急有何用？中国当时就是这么个情况。

当尼克松到达明十三陵的时候，江承宗陪着这位美国记者四处寻找电话。最后，他们终于在十三陵管理处的一间平房里找到了一部电话。

江承宗和美国记者很高兴，打算进去借用一下电话，但万没想到，被门口的一位穿便装的解放军战士拦住，不准进。

江承宗一再向这位年轻门卫讲清利害，请他通融，借用一下电话，需要办什么手续都可以。

不管江承宗怎么说，这位门卫就是不理这个茬儿，还振振有词地说，他得到的是死命令，这部电话，只有供安全保卫人员用，别人不准用。这时，江承宗虽然很为难，但也比较理解，可这个门卫如此死板、如此"僵硬"也实在少有。

万般无奈，为了帮助美国记者打上这个电话，江承宗只好把陪同尼克松游览长城的杨德中将军找来（杨德中时任8341部队负责人，主管中央警备师工作）。杨德中立即过去让该门卫放行，让外宾进去打个电话。

这位年轻的门卫仍然不准，他说，他不认识杨德中。当时正值"文革"时期，部队的军衔已被取消，官兵穿的是大致一样的黄军服，不易区分。

这时的杨德中也不高兴了，但也无可奈何。最后只好把负责这里的一个连长找来，才解决了问题。

几十年过去了，每当我想起此事，心里仍不免有点儿酸楚。

北京宾馆不够用

尼克松访华，出现过许多第一次。有的对美国说来是第一次，有的对中国说来也是第一次。不管是属谁的第一次，这些第一次给我们留下的印象，都还是很美好的，而且富有挑战性和启发性。

最主要的是，中美两国在不同制度、不同信仰、几十年相互敌对的情况下，两国领导人能够相逢一笑、相互握手、相互磨合、相互理解，这本身就是一个难能可贵的第一次。

中国的通信设备等仍然极为落后，不得不租用美国的卫星，请美国专家帮助建设卫星地面站，这对我国来说是第一次。

美国总统出访所乘专机是"空军一号"。这是一架多功能、设备齐全的波音飞机。总统在飞机上，如同坐在白宫办公室，依然可以指挥一切，可以指挥三军，并设有核按钮装置。因而"空军一号"自然要受到各国的重视和尊重。这架总统专机能飞入中国内地领空，对美中双方说来，都属第一次。

"空军一号"飞抵中国时，也同样受到尊重和保护，但它从上海入境后，必须遵守中国的飞行规则。"空军一号"在中国上空飞行时，必须由中方领航员登上"空军一号"领航。这对美国来说，也是事先没有思想准备的第一次。

尼克松离开北京飞往杭州、上海时，经双方商定，尼克松乘坐周总理的专机（周总理的专机是苏联伊尔-24型螺旋桨式飞机）从北京先行起飞；我们这些工作人员和部分记者专乘一架三义戟飞机前往；美国的"空军一号"跟随其后。这对美国总统说来，也是第一次。

美国总统的随行人员之多，特别是随行记者之多，出人意料，给中方的接待工作带来了不小的压力。这在中国接待工作的历史上，也是第一次。

最初，美国白宫向中国外交部新闻司提出，要派1 000名美国记者随总统访华。这是新中国成立以来所要接待的最多的随团记者。

当时，中国的接待条件有限，没有几个较大的旅馆饭店。除了钓鱼台国宾馆，只有三个饭店——北京饭店、民族饭店和新侨饭店——还可以接待一些总统的随行人员。如果按照美国白宫的要求，总统的随行记者全部来华，仅住房一事，就无法解决。

面对美方要派1 000名记者来华一事，我们只能如实地向美方解释。我们的宾馆不够用，请美方体谅我们接待上的困难。

于是，美方不得不把随行记者的人数由1 000人减到800人。

800名记者我们仍然不能安排。最后，经过精打细算，我们只同意美方来500名随行记者。

为保证美方记者在华工作，我们的民族饭店全部腾了出来，专供记者使用。这对我们说来，也是第一次。

这件事，对我们的刺激不小，也是对我们的一种挑战。要进一步对外开放，要逐渐与世界接轨，不建一些像样的大型旅馆，不行了。

总统的礼品

尼克松访华所做的每件事，都考虑得十分周到，办得十分得体，而且每件事都启示着中美双方美好的未来。

尼克松首次以总统身份访华，所带来的礼品自然很庄重、很珍贵。

第一件礼品是尼克松送毛主席的一份国礼，是他在美国亲自选定的一个大型烧瓷天鹅艺术品。

这件国礼是美国新泽西州波姆陶瓷艺术中心烧制的。这只烧瓷天鹅是美国著名生物学家和鸟禽硬瓷烧制大师爱德华·马歇尔·波姆先生的晚年杰作。但此作品是在这位大师逝世后，又经几位艺术家花了几年的工夫，才最后完成的。可以说，这一烧瓷天鹅在美国也是绝无仅有的。

中国外交部特意为这一珍贵的国礼，在人民大会堂北京厅举行了一个赠送礼品的仪式。事后又慎重地存放在国家博物馆，以供人民群众欣赏。

第二件礼品是尼克松在杭州亲自种下一棵由美国带来的橄榄树苗。这个礼品更有意义，效果也不错。它可以在杭州公园里与来自四面八方的游客见面。

这天下午3时，主、宾约定在西子湖畔集合，共游湖边风光。

当我们来到湖边的草坡上时，周恩来总理早已来到湖边等候。当乔冠华上前正要和周总理说点儿什么，尼克松也在众人簇拥下匆匆忙忙来到了周总理的身旁。

上有天堂，下有苏杭。真是名不虚传，这时的西子湖畔，尤为美妙。主、宾一行在湖边漫步游逛，心旷神怡。

尼克松和周恩来在礼宾官的安排下，在湖边的小山坡上，种下了这棵从加利福尼亚州带来的橄榄树苗。种好后，尼克松和周恩来还在这棵橄榄树旁合影留念。

这天下午 5 时，章文晋来找乔冠华说，罗杰斯（美国国务卿）对公报稿提出了不少反对意见，看看怎么办？章、乔讨论了一阵，都认为有些事双方已经商定，为什么又提出不同意见？为什么基辛格不出面？最后二人商定，稿子不能变，罗杰斯的意见，晚上请示总理再说。

章文晋告辞，当他走到门口的时候，回过头来对乔冠华说："今晚宴会上总理的即兴祝酒词，说不上几句话，请远行写一下吧。"乔冠华还没来得及说什么，章已出门登车走了，这显然是把"皮球"踢给乔冠华了。乔冠华只好对我说："即兴祝酒词，说不了几句，远行写一下吧，其实也不一定用，供总理参考吧。"

我只好勉为其难地写了几句。

约在 6 时，我把写的几句祝酒词交给了乔冠华。乔冠华看过之后，也没吭声。我也算交了差。

在杭州市长举行的晚宴上，周恩来在麦克风前讲了几句祝酒词。在他简短的祝酒词中，还真的用上了我写的两句话，其中有一句，连周总理的声调，至今我仍然记忆犹新。这句话是："让尼克松总统阁下栽的橄榄树苗，伴随着中美两国人民的友谊茁壮成长！"

第三件礼品是尼克松为出席他主持的答谢宴会的来宾（北京）每人准备了两个小礼物，摆在来宾的餐桌上。答谢宴会比往常的国宴丰盛一些，有从美国运来的火鸡肉，有美国加州的葡萄酒。我最感兴趣的，还是餐桌上的两个小礼物：一个是美国制造的兰花陶瓷烟灰缸；一个是扑克盒大小的玻璃砖块，玻璃砖块内镶有一个尼克松签名的纪念名片。这小型玻璃方块，铸得很精致、漂亮，可供观赏。我一直把它摆在我的书柜里留念。

周总理挥泪斥腐败

在杭州，除尼克松一行外，北京来的这些人分住几处。周总理住在一个单独的小楼上，乔冠华和姬鹏飞等人分住东岛上。

约在中午 11 点 30 分，我们刚刚住下，突然接到一个电话说："周总理嘱咐乔冠华等人中午到他的住处一起吃午饭。"还补充说："你们都来吧！"

乔冠华猜想，有可能是公报问题，说不定主席那里有什么新的指示，走，快去！

于是乔冠华和我，还有外交部高级英文翻译马杰先女士立即乘车去了周总理的住处。

周总理的住处是个两层小楼，从外表看，可与北京钓鱼台国宾馆的小楼相媲美。我们进门之后，迎面是个中厅，我还没来得及欣赏小楼中厅，一位女服务员对我们说："请走右门到大厅，总理在那里等着呢。"

乔冠华在前，我和马杰先在后，推开右门，出现在眼前的是一个豪华典雅而又明亮的中型放映厅，厅的中间有一排排的高级软椅，正前方有一较宽的舞台和银幕。这时，我才发现周总理正在舞台上走来走去。总理抬头看了看我们也没吭声，继续在走，而且不停地用手帕擦眼泪，还抽泣着。

这可把我们吓坏了。我们三人也没敢向前走，都站在礼堂的侧门口，距离在台上的总理有四五米。我们都不知道发生了什么事，谁都不便乱问、乱动、乱插嘴。

乔冠华刚要试图说句什么，这时只听周总理很激动地说："你们看这是什么地方？"总理说着又用手指着大厅，又指指天花板，然后激动地说："这个小楼是专为林立果修筑的行宫，他们干的这些事，我在北京就不知道。刚才我才知道，我被蒙在鼓里……"

说着，总理泪流满面，哽咽失声，半天没说一句话。

这时，我们站在大厅的左侧一边，都很紧张，感觉到总理是发自内心的悲愤，谁都不敢向前劝解，不敢插嘴，也不敢问。

谁都知道，"男儿有泪不轻弹，只因未到伤心处"。而这位深受全国人民爱戴的总理如此伤心，使我们在一旁深受感染，却爱莫能助。就连乔冠华也都愣在那儿，不敢吭声，我和马更是不知所措。

接着，总理又愤怒地说："林立果是个什么人，竟敢用人民的血汗钱，在这儿建洋楼。我都不知道。看到这些，我能平静吗?！"

总理在台上又走了一圈，然后说："这是林立果为个人享受而修建的小楼，为什么让我住在这里? 我不在这里住，也不在这里吃。通知他们（指杭州接待部门），我绝对不住在这里。我走，你们（指乔等人）既然来了，就在这里吃午饭吧! 人家都准备了，别浪费。"总理一面说，一面擦干眼泪，在警卫和秘书的陪同下，从舞台的侧门离开了大厅。

总理走出大厅之后，钱嘉栋（总理秘书）招呼我们三人到小楼餐厅去吃午饭。钱说："饭都准备好了，去吧! "

乔冠华关心地问："总理到哪儿吃午饭? "钱嘉栋说："接待处会安排的。"

当时，我脑子里一直在翻腾刚才的情景和总理一步步走出去的背影，内心极为难受。

谁都知道，艰苦朴素的周总理，自己的内衣补了又补，一生清廉，两袖清风。外交部有人给总理送了一盒巧克力，被总理当众斥责，不留情面，使送礼人下不来台。总理还当场宣布："我从不收礼，这盒巧克力送给工作人员吃掉，下不为例。"这是我亲眼所见的事实。

这天在杭州，这位朴素清廉的总理怎么能容忍林立果在这里盖行宫、过着如此奢侈的生活？对此，总理能不激动吗？

从总理当时的神情状态看，他在自责，在自我批评，在思索。他说："林立果在这里修建行宫，我在北京不知道。""他用人民的血汗钱，办这种事。"这两句话充满了义愤，也有无可奈何的不满。

周总理当时的真实状态，给我的触动很大。

总理走后，我们（乔冠华、马杰先、钱嘉栋）这顿午饭吃得十分压抑。但愿我们爱戴的周总理，能够早日摆脱这件伤心事。

智斗后的《中美联合公报》

尼克松在周恩来总理的陪同下，经杭州到上海，并在上海发表了《中美联合公报》，宣告他访华成功。

联合公报的主要内容是：中美双方就共同关心的核心问题，充分表达了各自的原则立场。

由于双方在核心问题上分歧很大，经过双方谈判高手二十多个小时的磋商，终于在尼克松离开上海前几个小时达成了协议。这不仅说明双方对公报十分重视，也反映出双方的谈判高手在处理双边核心问题时超人的机智、才华和外交技巧。

参加这一联合公报谈判的双方代表，中方是在国际谈判桌上滚爬了几十年的乔冠华，美方是世界级的外交高手基辛格

（以及他的助手洛德）。

这两位外交高手在公报草案磋商中，彼此很友好，很礼貌，也谈天说地，但在如下几个核心问题上就唇枪舌剑，各不相让。

1.关于美国从台湾撤军问题。

中方提出：台湾是中国领土，美军应该全部从台湾撤走。

美方提出：随着该地区局势的缓和，逐步减少美国的军事力量和设施。

美方提出，要把从台湾撤军说成是一个目标。

中方则坚持美国必须无条件地撤军。

2.关于解决台湾问题的方式。

美方提出："关心"它的和平解决方式。

中方提出："希望"争取通过和平谈判解决。

中方指出：用什么办法解决台湾问题是中国的内政，外人不得干涉。

3.关于反对霸权问题。

公报草案中提出："任何一方都不在亚洲和太平洋地区谋求霸权。"

对此，美方提出："任何一方都将不在亚洲和太平洋地区谋求霸权。"

美方的提出就意味着现在没有霸权。

对此，中方立即说："不行！"

中方坚持认为，霸权主义已经存在，何必要在文字上藏头露尾呢？在中方的坚持和提议下，把美方的"将不在"改为

"不应该"。最后落文为"任何一方都不应该在亚洲和太平洋地区谋求霸权"。

4. 公报中以"任何一方都不准备代表任何第三方进行谈判，也不准备同对方达成针对其他国家的协议或谅解"取代"任何一方都不代表任何第三方"。

5. 关于台湾的地位问题，在磋商中，双方分歧很大。

中方明确提出：中国政府坚决反对任何旨在制造"一中一台"、"一个中国、两个政府"、"两个中国"、"台湾独立"和鼓吹"台湾地位未定"的活动。

面对这一核心问题，美方仍然十分踌躇，基辛格曾坦率地表示，他担心这一提法会引起美国部分人的异议。

在这种情况下，中方仍不放弃多做争取工作，争取美方在核心问题上同中方达成协议。

在上海市为尼克松来访举行的宴会结束之后，公报磋商的双方代表又集合在锦江饭店院内的放映厅里，摆开阵势，继续磋商。

会谈已进行到午夜，基辛格仍表示，公报中有的提法难以接受。

我们聪明又有耐力的乔冠华也不妥协，并向基辛格表示，在这一核心问题上，不能和稀泥。乔冠华对基辛格说："基辛格博士，你是为你们总统工作，我是为我们总理工作，都是在起着助手的作用。现在的时间已经很晚，几个小时之后，尼克松总统就要回国了。既然这一核心问题难以磋商，我看也就不必再讨论下去了。要看到，尼克松总统访华本身，就是一个重大胜利，是一个震动全球的国事访问，有没有公报也无所谓，可以不要发表联合公报了。"

基辛格听到乔冠华这番陈述和提议，大为紧张，他表示，不发表联合公报，对中方说来是可以的，而对美方不行，会有人说三道四的。

乔冠华的这一激将法，使基辛格有些无法招架。

正在双方僵持的时候，洛德把基辛格拉到一旁，给他出了个主意。基辛格回到座位后说：这一段可以这么写，即对中方关于台湾问题的提法，美方"不提出异议"。

乔冠华听出这个写法有新意，立即表示："这个写法我要请示周总理，你们也请示一下尼克松总统。"

结果，"不提出异议"五个字使中美联合公报有了转机。

最后关于这一核心问题的表述是：

"美国认识到，在台湾海峡两边的所有中国人都认为只有一个中国，台湾是中国的一部分。美国政府对这一立场不提出异议。它重申它对由中国人自己和平解决台湾问题的关心。考虑到这一前景，它确认从台湾撤出全部美国武装力量和军事设施的最终目标。在此期间，它将随着这个地区紧张局势的缓和逐步减少它在台湾的武装力量和军事设施。"

特别值得提及的是双边经济合作问题。在公报定稿时，双方提出了一个具体合作项目的框架：

"双方就科学、技术、文化、体育和新闻等方面的具体领域进行了讨论，在这些领域中进行人民之间的联系和交流将会是互助有利的。双方各自承诺对进一步发展这种联系和交流提供便利。"

双方经贸合作，也是毛主席对尼克松当面强调的事情，而且毛主席还承担了自己曾忽略这件事的责任。

这一条虽属经济范畴，但周恩来总理对此事比较重视，因为这是实现四个现代化的重要路径之一。

中美这一联合公报经过几天的折腾，终于达成了协议。在文字上、措辞上双方都能接受，都比较满意。于是，这一著名的《上海公报》于1972年2月28日，在乔冠华和基辛格主持的记者招待会上正式公布了。

《上海公报》的发表，意味着尼克松总统访华成功，也意味着中国外交上的一大成功。

对此，毛主席曾说："中美关系正常化是一把钥匙。这个问题解决了，其他的问题就迎刃而解了。"①

---

① 参见《毛泽东传（1949—1976）》（下），中央文献出版社2003年版，第1640页。

第四部分

奇人奇事

第九章

功成不居的王炳南

王炳南是 1926 年入党的老共产党员，在 20 世纪 30 至 50 年代，他曾担任周总理的得力助手和毛主席的秘书，为党的统战工作、外交工作辗转南北，呕心沥血，贡献卓著。为此，老一代革命前辈都称王炳南是中央统战和外交工作的先驱之一。

　　1963 年，王炳南由波兰回国任外交部副部长。由于他主管中国对苏联、东欧地区外交事务，便向干部司提出，为他选一个懂俄文的秘书。结果我被选中了。能在他身边工作是我的幸运。自那时起，从外交部到全国人大外事委员会，我先后在他身边工作了近八年。其间，他对我的影响很大，对我的指导、帮助很多，特别是在他处于逆境、被关在外交部地下室时，还担心我是否受到株连。当我"靠边站"的时候，他除了同情我的遭遇、不满外交部当时的做法外，还主动将我调到他手下工作。患难见真情，他对人的这种真挚之情，令人难忘。

统一战线工作的开创者

王炳南于 1925 年加入共产主义青年团，1926 年加入中国共产党，1931 年，他在爱国将领杨虎城的资助下，到德国柏林留学。

当时德国正处在革命高潮时期，王炳南利用德国共产党的合法地位，在德共领导下，积极从事各种社会活动。由于他善于团结人，善于交朋友，在德国期间，他担任过较为重要的党内外职务。譬如德共中国语言组书记、国际反帝大同盟东方部主任和旅欧华侨反帝同盟主席等。他的活动能力、才华、国际主义精神以及他的党性，颇得两个党中央的肯定。

1936 年 1 月，中共中央了解到王炳南同杨虎城将军有世谊关系——王炳南的父亲王宝珊曾任杨虎城部的高参，于是便通过中共中央驻莫斯科共产国际代表团通知王炳南，中央委派他回国到西北军做统战工作，争取杨虎城将军同红军合作。

拜会杨虎城

王炳南对中共中央委派他的任务欣然接受，旋即携妻子王安娜（德国人）回到中国。他们到家后，全家老少都陶醉在无限喜悦之中，突然一位士兵敲门进来，对王炳南说："杨虎城将军要立刻和你们两位见面，派我来接你们去新城。"

王炳南夫妇来到杨虎城公馆时，只见这位中等身材、体格健壮的将军和夫人谢葆真已站在门前等候。

王炳南急忙上前，说："惊动了先生，不敢当。"

杨虎城伸出双手欢迎他们的到来。

杨虎城握着王炳南的手说："我早就有意要你们早些回来工作，今天终于回来了，我很高兴。我们非常欢迎。"

主宾在客厅坐下。

杨虎城身材魁梧、腰板挺拔、神采奕奕，颇有将军风度，而且周到待人、礼貌好客。

谈话间，杨虎城忽然问王炳南："有什么要跟我讲的吗？"

"有。"杨虎城转而又说："今晚不谈大事，见见面，明天再谈正事。"接着杨虎城问王炳南："你们回西安准备住在何处？"王回答说："家父已安排我们在大莲花池街家中住。"

杨虎城听后说："王安娜是德国人，怎么能住在你们家的平房，什么现代化的设备都没有。我们西安又不是没有条件，不能让王安娜在西安受委屈。今晚可在家里住一夜。从明天开始你们俩去住旅馆，一切费用由我负责。你们刚从国外回来，手头也不大方便。"说着，杨虎城便顺手拿出了已准备好的一笔数目可观的生活费。

杨虎城一向为人慷慨，出手阔绰，一下子就拿出那么多钱，对此，王炳南夫妇没有思想准备。

王炳南恭恭敬敬地婉拒了这笔生活费，并一再请杨将军原谅他不肯从命。他还解释说，王安娜早就表示愿意住在家里。

杨虎城对王炳南拒收这笔生活费，虽然有些不高兴，但也能理解，由此还增加了对这两位年轻人的好感。

第九章 功成不居的王炳南

第二天，杨虎城将军将王炳南接到三原县东里堡别墅。他们密谈了两天。

王炳南先介绍了在德国的见闻和亲自参加反法西斯斗争的情况。接着，王又分析了国内外形势，并明确指出蒋介石的"先安内后攘外"的不抵抗政策，已引起全国人民的极大愤慨。红军在共产党领导下，坚持团结、一致对外的方针，深受全国人民的支持。因此，当前我们必须走的道路是避免内战，团结抗日。具体说来，同共产党联合抗日才是十七路军的唯一前途。

最后，王炳南转达了共产国际中共中央代表团代表中央提出的建议：劝杨虎城和陕北红军签订互不侵犯条约；此事一旦被蒋介石发现，中共可通过新疆给予帮助。

杨虎城认真地听完王炳南所谈的全部情况，对王的建议也很感兴趣。

经过商谈，杨虎城将军毫无保留地接受中共中央团结抗日的主张和一些具体建议，并表示同意和陕北红军签订互不侵犯条约。最后，杨虎城将军愉快地对王炳南说："我与中共某些人已经有接触，可是素不相识，说话难免有些顾虑和保留，现在你回来了，可以无话不谈了。"

谈话后，王炳南立即按此前在莫斯科和王明约定的"劝杨成功"的暗语，复电给巴黎的吴玉章。就此，王炳南执行统战使命的第一个任务顺利完成，使中共反围剿、争取红军和西北军联合抗日出现一大突破，并为全国抗日民族统一战线打下了基础。

团结抗日

杨虎城的长子、全国政协原常委兼文史资料研究室主任杨拯民生前说："在中共瓦窑堡会议之后，党的统一战线工作的开展，最早是分为两条线，一条线是潘汉年在文化界开展的统战工作，一条线是王炳南在杨虎城部和社会上层开展的统战工作。"①

党的瓦窑堡会议后数月，王炳南在党的领导下，出于统战工作的需要，以杨虎城代理人的身份，积极地穿梭于西安与上海各大城市之间，成绩斐然。

1936年11月，杨虎城发电报至上海，要王炳南速返。

杨虎城对王炳南的全面汇报十分满意，认为王到上海各地活动，收获不小，不仅了解到国内形势的发展动向，也让各方有关人士了解到杨部也活跃在政界，也适应形势的发展需要；更为重要的是，在情况来得及时，有利于对重大问题的决断。杨虎城对王炳南说：

"抗日，国家有出路，大家都有出路；打内战，大家同归于尽。要抗日先要停止内战。在抗日这一点上，我们和共产党有共同基础。"同时，杨虎城还和王炳南谈了已和红军合作的情况，并指出："这就是我们的出路。"

随后，王炳南手持杜重远的信去拜访张学良。

张学良将军知道王炳南是杨虎城将军的亲信，过去也常见

---

① 这段话是杨拯民生前在其家中亲口对我说的。

面，一起吃过饭。这次经杜重远的书面介绍，张学良对王又有了新的了解。这样一来，张将军又获得一个和杨虎城进一步沟通、对话、携手合作的渠道。

从此，王炳南便成为杨、张两位将军的联系人。

在这以前，王炳南也认识张学良。一是王炳南夫妇出席杨虎城的家宴时，就认识少帅。少帅懂英语，在宴席上和王安娜不断用英语对话，也为宴会增添了不少轻松友好的气氛。二是在舞会上多次见过面。三是为张学良请医生治牙。王炳南留德时，在柏林街道支部认识一位牙科医师，名叫海伯特·温廷。这位牙医来中国后，先在上海，后到西安开了个牙医诊疗所。当张学良牙痛时，王炳南夫妇便请这位德国朋友为他诊牙。

王炳南这次拜会张学良，与以往相见有些不同，不是礼节性的，也不是服务性的，而是肩负重任而来。张对王寄予很大希望。王表示将尽全力，以不辜负张将军的信任。

王炳南从张学良处回来后，立即将和张的谈话情况以及周恩来同张学良会面的一些重要情况向杨虎城做了通报，使杨进一步了解全局，心中有数。

王炳南在西安、上海等地开展的统战活动，党中央是给予充分肯定的。

当王炳南11月初从上海回西安的第二天，蒋管区中共地下组织工作部部长林育英派张文彬到杨虎城官邸，来找王炳南。

张文彬告诉王炳南："毛主席知道你在杨虎城将军部工作，要你一张照片。"还说，延安有的同志向你致意、问候！

王炳南获此消息很高兴。他认为自己的工作做得不够，却引起党的最高领导的关注，就越发感到自己肩负的任务是多么重要。

亲历西安事变

三周之后，震惊中外的西安事变爆发。

西安事变是张学良将军和杨虎城将军出于民族大义，扣压蒋介石，逼他联共抗日，以突发的姿态出现，以意想不到的结果收场的事变。它是中国局势转换的枢纽，是中国共产党由"逼蒋抗日"到"联蒋抗日"策略方针上的一个转折，是国民党由"剿共"打内战向联共抗日政策转变的开始，推动了全国性抗日民族统一战线的初步形成。它对中国历史的发展产生了巨大作用和影响。

王炳南作为杨虎城的亲信、助手，参与了西安事变的全部过程。特别是他身为杨虎城、张学良两位将军可信赖的、传递信息的联络人，在西安事变中起了很大作用。

西安事变之前，蒋介石两次去西安逼张学良、杨虎城继续"剿共"。蒋介石以为只要他亲自出马，必能逼张、杨就范。万一张、杨不听命令，便把他们调离西北，加以肢解消灭。

张学良、杨虎城对蒋介石的方案拒不接受，既不想打内战，也不想离开西安。两人在无路可走的情况下，经密商只能分两步对蒋做工作：第一步"哭谏"，第二步"兵谏"。

几经"哭谏"，一再失败。如何"兵谏"，张、杨两位将军比较慎重，因为两人没就此事明朗地交换过意见。他俩在逼蒋抗日的问题上有一个共同的想法，但彼此都还不敢吐露真情。

12月11日西安事变前一天，张学良到杨虎城处，密商逼蒋抗日问题。两人对当前的形势进行了仔细剖析，认为蒋介石确实顽固不化，"哭谏"无效，只能是先礼不成而后兵，对蒋采取强硬办法。这是一步难走的棋，又非走不可，否则就无路可走。

如何走出这步棋？张学良和杨虎城在交谈中，曾有过这么一段重要谈话。

当时受形势所迫，两人内心都有扣蒋的想法，但谁也不敢说出如何对付蒋。此时，张学良突然对杨虎城说：

"王炳南不是在你这里吗？找他出来商量一下。"

杨虎城说："他这个人思想激烈。"

"他是什么意思？"张学良进一步问。

杨虎城说："他主张扣蒋。"

张学良立刻说："这也不能不说是个解决的办法。看来，也只好如此。"

张、杨通过谈及王炳南的话题，才彻底谈出了各自的想法，并立即商谈了扣蒋的部署。

在此期间，王炳南等人在十七路军中积极开展抗日宣传。有的官员写信给杨虎城说，"打死一个日本侵略者，祖宗有光，打死一个中国人，死了无面见先人"，恳请杨挺身出来抗日。

杨虎城手持下属官兵的来信向张学良表示，不能再迟疑了，应该当机立断，破釜沉舟，不然的话，会失去人心。

12 日西安事变的当天，张学良、杨虎城两位将军采取了一系列重大的军政措施，成立了几个由张、杨亲自领导的组织机构，以适应局势发展的需要。王炳南在这些机构中发挥了很出色的骨干作用。

在政治方面，王炳南参加了"设计委员会"。这是一个政治委员会，又称议事班子，其主要成员有高崇民、杜斌丞、申伯纯、应德田、王炳南、王菊人等。该会除研究事变后亟待解决的政治问题，还要及时地提出有关政治、新闻、宣传方面的工作方案，办理张、杨交办的事宜。

在宣传方面，王炳南负责通过新闻界、国际友人将西安事变的真相及时地向国内外宣传。

在社会方面，王炳南被任命为"西北民众运动指导委员会"主任委员。该会的任务是接管国民党在西北的各县党部，负责组织宣传活动，领导和协调社团的救亡活动，接收国民党的《西京日报》，释放政治犯，等等。由于民众觉悟的不断提高和王炳南的积极运筹，西安当时的救亡运动蓬勃发展。

12 日西安群众支持西安事变的示威游行，以及 16 日为庆祝捉蒋胜利在革命公园举行的数万人的群众大会，都是由王炳南所主持的西北民众运动指导委员会参与组织和安排的。

王炳南在西安事变期间，除做好上述几个方面的工作外，还在杨虎城、张学良、周恩来三方之间穿梭，通报情况，发挥了很重要的协调作用。

西安事变的第二天，中共中央就提出南京和西安要在团结抗日的基础上，和平解决西安事变的主张。同时决定派周恩来、叶剑英、秦邦宪等人组成的中共代表团去西安，推动南京政府走向抗日的道路。

周恩来飞抵西安，受到张学良、杨虎城的热烈欢迎。张特意把周恩来一行安排住在自己的公馆里。杨则热忱地派他的炊事人员负责供应伙食。

周恩来到达西安的当天晚上，一方面抓紧时间与张学良会谈，交换意见；另一方面特别指定罗瑞卿找王炳南了解杨虎城及十七路军的情况，为次日与杨会谈做准备。

为了能使周恩来进一步了解张、杨的态度，王炳南向罗瑞卿做了全面介绍。

王炳南认为，张、杨在和共产党联合抗战、尊重共产党的意见以及对周恩来的敬佩上，态度都很坚决，毫无二致，所不同的是对蒋介石的认识问题。张满以为他的坦率诚恳的态度和救国抗战的热诚会赢得任何人的支持和同情，主张只要蒋介石答应抗战，就放他回南京，并且拥护他当领袖。对这种忠心为国、仁至义尽的做法，蒋不至于有什么报复之心。杨的看法就不同了，他认为蒋出身流氓，蒋背叛大革命以来的行动，充分暴露出他的阴险毒辣、狡猾奸诈、说话不算数、翻脸不认人的丑恶本质，因而对蒋的警惕性较高，认为处理稍有不当，必将遭到残酷的打击报复，不能轻易放蒋。他们两人在认识上有此不同，而部下们的思想更不一致，众说纷纭，莫衷一是。在这种情况下，如何贯彻中央关于和平解决西安事变的方针，关键是在逼蒋抗日的认识上，要张、杨以及他们的主要将领取得一致。

在这期间，王炳南还向周恩来和罗瑞卿汇报了他所了解的一些具体情况。关于十七路军的出路问题，杨虎城曾对王说："有两个停止内战的办法，一是与红军合作反蒋，以压蒋停止内战；二是联合全国各地方实力派共同反对蒋介石的'攘外必先安内'的错误政策。"关于"兵谏"，杨将军在事变前夕说："把这摊子（指杨的部队）这样摔了，响！值！"其破釜沉舟的气概，溢于言表。关于放蒋问题，杨将军没有充分的思想准备。杨认为共产党和国民党是地位平等的两个政党，可战可和，而他是蒋的部下，如果轻易放蒋，蒋一旦翻脸，他的处境就与共产党有所不同了。

王炳南所谈的上述情况，周恩来很重视。

张学良、杨虎城、周恩来三方面通过会谈，彼此都感到满意，都认为会谈富有成效，在许多重大问题上获得了共识。

这一重大成果，是与王炳南所做的工作分不开的。对此，周恩来当面表扬了王炳南，说王在杨虎城身边的统战工作是有成绩的，党中央对王的工作是满意的、重视的。

有一天，周恩来去看杨虎城，途中，利用乘车的空隙，对陪车的王炳南说："西安事变中，你被任命为西北民众运动指导委员会主任委员，这对工作很有利。""设立西北民众运动指导委员会这个机构很重要，是一个正确措施；应该充分发动群众，支持张、杨的八项主张；只有把群众发动起来，才能保证事变和平解决的成功。""杨将军这里很需要你，因此我们还希望你继续在这里协助杨将军工作。""如果干部不够，我可以从陕北调来。"最后，周恩来对王炳南所贯彻的统战使命，再次表示满意。①

王炳南在杨虎城部这一年来的统战工作及其成绩，特别是他在西安事变中的作用和表现，得到中央领导的关注和肯定。

叶剑英去西安时，专程去探望过王炳南夫妇，并转达了毛主席对他们的问候，并说："毛主席欢迎你们回到中国。"

周恩来从西安回延安不久，毛泽东、朱德、周恩来三位中央领导人分别给王炳南写信，赞扬他在西安事变中做出的贡献。

推开中共外交大门的功臣

太平洋战争爆发后，中共中央南方局外事组的主要任务之一，就是利用一切机会，尽可能地做一些能影响美国对华政策的事，以便争取与美方建立抗日的军事合作。

1944年，中共中央南方局外事组在王炳南的领导下，大力开展在使团中的活动，认真地进行有关形势发展变化的调查研究，曾对中美关系的议题提出了一个结论性的看法，认为：在抗日战争期间，我们外事活动中交往最多的外国朋友是美国人；在许多外国朋友中，对中国情况最感兴趣的是美国人；在抗日

---

① 摘自王炳南写的日记。

战争中，肯为中国人仗义执言的也是美国人。

　　与此同时，外事组也观察到，美国政府也十分关注太平洋战场，亟须了解和利用中国抗战军民的实力。同时，外事组还观察到，这一年的战争形势正在向有利我军的方向发展，对中共说来，既是十分艰难的一年，也是已显露曙光的一年。

　　在这一新的情况下，王炳南等人开始酝酿一个大胆的设想：拟邀请美国朋友访问延安，以增进美国对中共的深入了解。经过多方努力，中共终于冲破了国民党政府的封锁，组织了两批以美国朋友为主的延安访问团：一是中外记者西北参观团，二是美国军事观察团。

中外记者西北参观团

　　最初，只有三名驻重庆的美国记者接受了王炳南的设想，提出要去延安采访，接着又有许多中外记者响应。最后，他们组成了一个21人的"中外记者西北参观团"，于6月9日打破重重新闻封锁，到达延安。

　　中外记者西北参观团一行的外国媒体和记者有：美联社、美国《基督教科学箴言报》的斯坦因、《时代》杂志、《纽约时报》《同盟劳工新闻》的爱泼斯坦、合众社、《泰晤士报》的福尔曼、路透社、多伦多《明星周刊》的武道、美国《天主教信号杂志》、《中国通讯》的夏南汉神父及塔斯社的普罗岑科。中国记者有：《中央日报》的张文佰，中央社记者徐北铺、杨家勇，《扫荡报》采访部主任谢爽秋（全国解放后任外交部新闻司干部），《大公报》记者孔照恺，《时事新报》记者赵炳良，《国民党公报》编辑周本渊，《新民报》主编赵超构，《商务日报》总编金朱平。

"中外记者西北参观团"一行到达延安后，受到热情接待，出乎他们的意料。毛泽东、朱德、周恩来、叶剑英等中共领导人接见了他们，并同他们进行了友好的谈话。

参观团离开延安后，写了不少文章并出版了书，比较认真地介绍了中共中央领导人同他们的谈话内容。1945 年在美国出版的《红色中国报道》就是福尔曼写的；1946 年在美国出版的《红色中国的挑战》就是斯坦因写的。这些报道和图书澄清了在美国长期散布的欺骗宣传，同时也让诸多国家的人民看到了中国的未来和希望。

美国军事观察团

美国军事观察团的成行，也是王炳南及其外事组推动的成果。

王炳南在重庆和美国高级将领和军官的外事交往比较活跃，和美国远东战区总司令史迪威是好朋友，和美国总统罗斯福特使华莱士的来往也很频繁，关系甚好。王在拜会华莱士将军时，华莱士表示愿接受王的建议，可派一个美国军事观察团应邀去延安访问。蒋介石得知此事，则竭力加以阻挠。事后王炳南对我说："当时华莱士说，如果蒋介石不同意美国军事观察团去延安，美国将减少对蒋的军援。"

1944年7月22日至8月7日，美国军事观察团一行18人（含谢伟思）在包瑞德上校的率领下由重庆飞往延安。党中央十分重视美国军方的来访，视为我党外交活动的开始。

美国军事观察团所乘的飞机是第一次在延安机场降落。由于驾驶员没有飞行资料，不了解延安的机场情况，在降落时起落架陷入机场上的一个旧坟坑里，引起一场虚惊，幸好没有人受伤。

美国军人在包瑞德上校的率领下，缓缓下机，他们没看到机场上的现代化设施，却看到了主人们一张张笑容可掬的脸。周恩来诙谐地对包瑞德说："上校，你的飞机受伤了，它是位英雄，所幸的是，另一位英雄——你自己没有受伤。"

次日，毛泽东、周恩来等领导人接见了观察团一行，并进行了友好的谈话。接着，考察团听取了中共军事领导机关负责人介绍敌后战场和抗日根据地的情况。

叶剑英时任第十八集团军参谋长，他向美国朋友介绍了中共领导的人民军队在华北、华中、华南等根据地对日作战状况。

彭德怀时任第十八集团军副总司令，他向美方三次介绍了华北战场情况。

陈毅和聂荣臻分别介绍了新四军和晋察冀根据地的发展和概况。

美国军事观察团还分别深入部队基层去体验生活，他们按照八路军官兵的生活方式，住简陋的窑洞，吃简单的饭菜，还参加筑建机场的劳动。同时，美国朋友为八路军做了两次美国陆军训练方法的报告，并进行了现场爆破和讲解爆破材料的使用等。

叶剑英还陪同美国军事观察团到南泥湾看了八路军战士的军事表演，参观了部队生产自给的情况。

美国军事观察团在延安如同走进了一个崭新的世界，一切都是前所未闻的。该团在给美国政府的报告中，全面评估了中国的局势，明确指出，蒋介石政府腐败无能，消极抗日，而中共在抗日战争中起了很好的作用，他们建议美国政府不要推行扶蒋反共政策，而要支持中国共产党。

中外记者观察团和美国军事观察团先后访问延安，冲破了国民党政府的封锁，初步解除了国民党和外电对我抗日根据地的歪曲报道；让美国乃至世界初步了解到中共所领导的抗日根据地、解放区人民的政治生活和人民的精神面貌；让美国当局了解到中共的政策，愿意和美国合作、共同抗日的友好愿望。从此，国民党政府妄图一手遮天已经很难了。中共对外开展活动由此打下了基础。

为此，中国共产党于 8 月 18 日发出的《关于外交工作的指示》强调指出：

> 这次外国记者、美军人员来我区及敌后根据地，便是对新民主主义中国有初步认识后，有实际接触的开始。因此，我们不应该把他们的访问和观察当成普通行为，而应

把这看作是我们在国际间统一战线的开展，是我们外交工作的开始。

周恩来对王炳南等人为推动和安排中外记者西北参观团和美国军事观察团访问延安所开展的对外活动非常满意，认为这是外交工作的一大成功。为此，在美国军事观察团离开延安的前夕，周恩来于8月6日在延安的窑洞里，以极大的热情给王炳南写了一封信，全文如下：

达尼① 同志：

空中飞来的书信，高兴得很。这一关打通了，以后当不难来往。你们的努力，有了代价，前途更将无限量发展。家康回，知道这一年的经过，偏劳了你们。现在延安也有同性质的工作，可是人手不够，尤其熟悉英文的人不多，愿你们在外也要多多注意储备人才。

这次送去很多书报，有空时，也可选择一二，送往美印发表。参座② 报告英文稿，夏南汉神父带出一份，如要不到，可另择送人。有可能，包上校③ 已抄好一份送史迪威总部。

在美诸友来信，均望你们代为回答。对斯诺、史沫特

---

① 王炳南的别名叫达尼。
② 参座指第十八集团军参谋长叶剑英。
③ 包上校即包瑞德。

莱、卡尔逊、范宣德、白乐登诸友，望时时与他们保持联络。白特兰①在港集中营有消息传出否？

你们出版的英文小册子，望各拟三份，于下次航机带来。这一年的工作报告，则托林老②带来为妥。

华莱士来华，闻送了政府一种特效药，名为 Penicilin，你们有法弄到一些吗？因为王稼祥③同志急需此药医治也。

其他各事，已见致龚澎信中，不再及。

祝你及安娜好，黎明④好，各同志好！

超附笔。

周恩来

八月六日

综上所述，可以大胆断言：王炳南所主持的中共中央南方局外事组在国民党统治区排除种种困难，孤军奋斗、埋头苦干，终于推开了中共外交工作的大门，为中共的外交工作谱写出新的篇章。

中美大使级会谈的先驱

1954 年，王炳南奉命出席在日内瓦召开的国际会议，并出

---

① 白特兰指新西兰记者贝特兰。
② 林老指林伯渠。
③ 王稼祥在抗战期间任中共中央军委会主席。
④ 黎明指王炳南的长子王黎明。

任中国代表团的秘书长。在日内瓦会议期间和会后，王炳南又奉命以中国代表和中国驻波兰大使的身份，第一个作为中华人民共和国代表同美国代表就中美两国的双边问题，进行了长达九年的会谈。谈判时间之长、次数之多、交锋之激烈，在近代国际关系史上实属罕见。

王炳南在回顾这九年的中美大使级会谈时常说：中美大使级会谈是新中国外交在特定条件下的一种独创。这种独创使中美两个大国在互不承认而又互相对立的情况下，有了一个沟通和联系的渠道。两国互不承认，却有双边会谈；两国没有外交关系，却又互派大使长期磋商，而且可以达成某种协议。这种互不承认，实际上却有官方会晤的国家关系，在国际关系史上也是绝无仅有的。

中美大使级会谈使中美两国有了一个对话的机会。从我方讲，我国代表王炳南可以通过这一对话，向美国乃至全世界阐明我国对某些重大国际问题的立场和态度，还可以通过这一对话，对美国侵犯中国主权、干涉中国内政的帝国主义行径进行直接的交涉和斗争。因此，可以说，中美两国虽然没有外交关系，而且两国既隔绝又敌视，却能通过这一对话，及时地摸到对方的底细，了解到对方对重大问题的立场和态度。更为重要的是，通过这一对话，通过两国大使间的个人来往和接触，为两国关系的正常发展，自觉不自觉地打下了基础。正如王炳南在20世纪80年代初所指出的："中美关系有今天，同过去的大使级会谈及其所起的作用是分不开的。"这就是中美大使级会谈的重大历史意义之所在。

当时，美国对我国采取政治上孤立、经济上封锁、军事上威胁的策略，妄图扼杀诞生不久的新中国。在这种对我不利的国际形势下，王炳南代表中国，为了打通通过大国协商解决国际争端的道路，和虎视眈眈的美帝国主义代表进行对话，是十分艰巨和复杂的。

王炳南在与美国代表的对话中，胸怀党和人民的根本利益，充分运用他几十年的外交经验，竭力排除一切干扰，本着不骄不躁、不亢不卑的态度，在友好的气氛中进行斗争，在斗争过程中寻求合作。他在持续九年的谈判斗争中，做到了原则问题寸步不让，形式问题机动灵活，有力回击了美国称霸世界的野心，提高了新中国的国际地位，并在外交上为我国树立了一个不畏强暴、伸张正义、坚持原则、说话算数的独特风格。同时，他在会谈中还善于掌握和运用"有理、有利、有节、后发制人"的策略，勇于发挥他的外交智慧和辩才。他那摆事实、讲道理的技巧，令人心服口服。他那善于交朋友的豪放、豁达的性格和为人忠厚的憨劲，赢得了对方的好感。

几年的会谈，王要回了钱学森，达成了一个"中美承认在中美两国愿意回国者的返回权利"的协议；在台湾问题上，王炳南坚持原则立场，寸步不让。借国民党高级将领陈诚的评语说：王炳南在中美会谈中"不受奸诈，不图近利，是泱泱大国风度"。

王炳南在回顾他作为大使参加的中美九年会谈时曾讲道，

会谈九年，实质性问题很难达成协议，其原因在于美国没有诚意。会谈的主要问题是台湾问题。台湾是中国的一个省，台湾是中国领土不可分割的一部分。根据《开罗宣言》和《波茨坦公告》，台湾在第二次世界大战之后，已经归还中国。美国违背自己的诺言，派军队侵占了台湾和台湾海峡。在九年中美会谈中，王炳南一再强调中国政府对台湾的原则立场，并要求美国做到以下两条：第一，美国政府保证立即从中国领土台湾省和台湾海峡地区撤出它的一切武装力量，拆除它在台湾省的一切军事设施；第二，美国政府同意中美两国签订关于和平共处五项原则的协定。以上两点是一个主权国家反对外国干涉内政的起码要求和原则立场。虽然美国用武力侵占中国的台湾和台湾海峡，但这丝毫不能改变中华人民共和国对台湾和台湾海峡的主权。在九年的中美会谈中，美国当局老在枝节问题上做文章，而一直拒绝这两项原则。

70 年代初，我们反对美国干涉中国内政的原则立场没有变；要求美国当局从中国领土台湾省和台湾海峡地区撤出它的一切武装力量，拆除它在台湾省的一切军事设施的原则立场没有变；我们反对任何企图把台湾从祖国分割出去的阴谋的原则立场没有变；我们一定要解放台湾的神圣使命也没有变。既然我们的原则立场没有变，那么，为什么 70 年代初，中美两国关系出现了转机呢？其中很重要的因素是美国的对华政策有了某些变化。

在我们进行坚持不懈的外交斗争中，在我国国际地位和国际形势发生变化的情况下，聪明的美国国家安全事务助理基辛格看出了中美关系不能正常化的症结，理解了中国一贯的原则立场，注意到"中国人与外国人打交道已有三千年的历史，而且不乏成功的经验……"，他果断地指出："中美会谈的主题一直是我们同台湾的关系这个难解决的问题。只要中美敌对状态继续存在，要解决问题是不可设想的，而只要台湾问题一天不解决，敌对状态也就不会结束。"基辛格还继续说："我们美国必须克服二十年来先入为主的观念、专家们的种种清规戒律所形成的瘫痪性作用和政府内部互相倾轧的怪现象。"①70 年代，中美签订的三个公报，就是在这一背景下出台的。也就是说，美国在处理中美关系时，只要表现出些许诚意，事情就好办得多。

中国人民一定要解放台湾，换句话说，台湾一定要回到祖国怀抱，这是任何力量也阻挡不了的。解放台湾是中国的内政，用什么方式解放也是中国的内政，是海峡两岸人民自己的事，任何国家也无权干涉。我们主张和平解放台湾，但从来也没放弃使用武力。这是我们一贯坚持的原则立场。这是我们的主权，我们的内政。任何中国人拿着中国的内政，去和美国做交易，都是卖国行为。我们的这一原则立场也被聪明的基辛格看得一清二楚。基辛格在他的回忆录中，批评美国制定对华政策的亚洲专家时，指出："他们认为，只有对方放弃在台湾海峡使用武力，参加关于武器管制的谈判，或保证在亚洲采取和平行动，

---

① 《白宫岁月：基辛格回忆录》第二册，第 335 页，世界知识出版社 1980 年版。

才能说是取得了进展。而这些问题除非与更大的问题联系起来，否则北京根本不会考虑。"① 对此，王炳南强调指出："是的！内政不容外国干涉的主权原则是永远不变的，我们这条原则在任何时期、在任何利诱和威胁情况下，都坚持不动摇的。中国的内政不容别国干涉；中国用不用武力解放台湾是中国自己的事情，任何国家，特别是美国都无权说三道四。"

会谈的特点是"各谈各的"，重大问题很难达成什么协议。"各谈各的"，并不是中美大使级会谈的首创。早在 1945 年，在重庆召开的国共谈判就已开了先例。其最大优点是，能使对立双方或对立国家的代表坐下来，面对面地进行直接谈判。直接谈判是当今世界解决国家间争端的最佳方式。

中美大使级的直接谈判无疑是通过沟通解决双边争端、寻求和解的大好机会，无疑也是缓和紧张局势，寻求共同合作、发展的重要开端。但必须指出的是：

1. 美国代表在会谈中一味支蒋反共，利用各种手段，要新中国放弃主权，要新中国就范。美方的无理要求致使中美大使级会谈难以谈拢、难以合拍。尽管如此，九年的会谈并不是没有收获。我们的收获之一是，在国际形势对我不利的情况下，没有中断和美国的双边对话，通过对话，及时弄清了对方在某些重大问题上的立场和态度；同时，在会谈中，我们丰富了与美国打交道的经验，为推动中美关系的发展打下基础。

---

① 《白宫岁月：基辛格回忆录》第二册，第 336 页，世界知识出版社 1980 年版。

2. "各谈各的"是中美关系历史发展的必然产物。中美大使级会谈，多半是各谈各的。须知，两国大使在会谈中的主要发言都是各自国内审定的。据基辛格透露，美国代表的那些发言，都是美国国务院东亚及太平洋事务司拟订的。王炳南在会谈中的主要发言，是由以乔冠华为首的对美工作小组拟订，经周总理审定和毛主席批阅的。由此可以看出，中美两国对双边大使级的会谈，都是十分重视的，两国大使的每次发言，都代表了各自的政府首脑和国家元首。所不同的是，中国代表为了发展和美国的双边关系，表现出愿在五项原则基础上与美国达成协议的诚意；而美国代表自恃其国家强大，对刚诞生的新中国推行强权政治，不仅不承认新中国，还大有一口把中国吃掉之势，毫无诚意可言。在当时国际形势的大气候下，在一个霸权主义甚嚣尘上的时代里，我国代表王炳南遵照党中央的指示精神，不畏强暴，坚持一贯的原则立场。即使达不成协议，他也不把钓饵当良机，也不拿主权原则做交易。这是十分正确和可贵的。因此，可以这么说，"各谈各的"，是我主权国家的需要，是历史发展的必然。

1979 年，王炳南以中国人民对外友好协会会长的名义访问美国。在访美期间，王炳南会见了二十多年前中美大使级会谈中他的三位谈判对手：尤·阿·约翰逊、雅各布·比姆和约·卡伯特，还分别出席了他们在高级俱乐部、家里或花园别墅举行的盛大欢迎宴会。老朋友相聚，都抑制不住激动和兴奋。他们在充满友好、理解的气氛中，畅谈中美关系交往的今天和未来，也情不自禁地遥忆当年。他们都异口同声地说，要让那段中美关系史上一场特殊的谈判与斗争，随着历史的长河，一去不复返，要让中美两国的未来充满光明。王炳南访美回国后感慨地说："我作为中华人民共和国在会谈中的第一任代表，参加了从开始到 1964 年的九年会谈。这一时期正是美国当局极端敌视中国、中美两国处在隔绝和互相对立的年代。

中美关系经历了风云变幻，发生了转折，跨入了建交、发展合作的新的历史阶段。……回首往事，也许有助于人们，特别是年轻人了解中美关系正常化所走过的坎坷道路，了解中美两国人民的友谊来之不易。这也是一代人苦心奋斗的结果。

外交部的奠基人

新中国诞生前，中共中央考虑到涉外工作的需要，也为了防止这些久经考验的外事队伍失散，便决定把做外事工作的同志们组织起来，成立一个中央外事组（全组成员计有 20 余人）。

经党中央批准，新成立的"中共中央外事组"由叶剑英兼主任，王炳南任副主任。

"中共中央外事组"成立不久，周恩来于 7 月 19 日从陕北战区给王炳南写了一封信，对外事组成员的工作、生活、锻炼做了周到的指示。

周恩来在信中要求外事组应利用目前的安静环境，多做几件对于外事、对于自己的基本工作。……可将重心放在翻译几本毛主席的重要著作，编译几本有关美国的工具书。……对自己也准备半年时间参加"土改"，到群众中去锻炼自己。关于调研，应着重研究美国和美洲等。

周恩来的这封来信，对这支二十多人的未来的外交队伍是莫大的鼓舞，对王炳南主持的中央外事组的工作是莫大的关怀和帮助。

王炳南不敢怠慢，立即对中央外事组的全面工作做出了周密安排。在周恩来的指示下，新中国诞生前后的一切涉外工作迅速展开。首先要做的，是必须做好准备，在新中国诞生时成立一个处理一切涉外事务的外交部。

招募四方贤达

新中国的外交部在少数外交先辈和新手的努力下，从打基础到逐步创建起来的全部过程中，事无巨细，都没离开王炳南的智慧和辛劳。

当务之急是为外交部调选干部。

当时，王炳南主张，外交干部要来自五湖四海，全国有志之士都应该有机会为我国的外交事业出力献策。他反对在人事工作中搞出头主义、宗派主义，反对以种种借口排挤人才，而调来些平庸之辈。据当年中央外事组主管人事的田健回忆：

"当时，王炳南的要求是，调干部要坚持原则，只要是本人政治历史清楚，就可以调来。只有这样做，才能更广泛地招募四方贤达和有培养前途的有志之士。我们都是从旧社会过来的，要求人人都十分清白，是不现实的。

"例如，有一位与台湾某名人有亲戚关系的干部，外语、文笔都不错，请示王炳南可否调来搞外交？王略经思考后说，'要'。又有一次请示王：有一位原国民党政府外交部副部长的侄子，是北大的高才生，要不要调来搞外交？王很爽快地回答，'要'。还有一位是英文较好的女大学生，其父是原国民政府的一位副部长，问王要不要？王仍表示'要'，并在调令上写了一句：'同意调来。请商龚澎同志，此人可否安排她搞新闻工作。'

"龚澎看到调令和王炳南的批示，立即在调令上写两个大字'同意'，并对身边的人说，'这都是历史清楚的人，同意到我这里工作，我才不在乎是什么人的女儿呢！能把工作干好，就是好同志。'"

王炳南也强调干部必须德才兼备，但仔细观察，他是很重"才"的。几十年来，他带领大批知识分子投入崭新的外交事业，并创造出许多鲜为人知的业绩，为我国培养了大批优秀外交人才。

外交部办公楼选址

在组建外交部各地区、业务司的同时，王炳南还着手在北京选择一个可使用的外交部办公楼。

外交部大楼是多国外交官出入的地方，它的外观和内部设施要求优雅、宏伟、大方，能反映出中国建筑的风貌。这也是任何主权国家都比较重视的事情。

北京虽是中国历史上的文化名都、名城，但它经历了几十年的战乱创伤，破坏多、建设少，要在这里选一个适合对外的外交办公楼，并非易事。

王炳南经过一番斟酌，终于初选了三处：一是六国饭店；二是军管会占用的日本驻华大使馆；三是原国民政府外交部的旧址。

这三处从办公和对外需要看，各有所长，也各有不足之处。它们的面积都很大，不足的是六国饭店的格局和原日本使馆内部设施都不太理想，而原国民政府外交部又坐落在一个小胡同里（外交部街），车辆出入多有不便。当然，为了应急，从这三处选择一处不是不可以。

出于慎重，即将上任的总理兼外长周恩来在王炳南的陪同下，到这三处看了看。最后，出于应急需要，周总理和王炳南下决心将新中国外交部设在原国民政府外交部的旧址。

发出 001 号对外公文

1949 年 9 月 30 日，周总理召集有关负责人开会，安排开国大典事宜。会上，周总理问王炳南：

"外交部办公地点和组织机构都有眉目了吧？"

"已有眉目了。老人马、新机构，再加上刚调来的年轻干部。"王炳南很沉着地做了回答。

周总理接着说："这很好。要告诉外交部的干部，都要好好学习毛主席关于对外政策的一些讲话和党中央最近一些有关通报。我们要办的外交是人民政府的新外交，它和中国半封建、半殖民地的外交不一样。"

王炳南说："这一要求，我将传达下去。我准备在开国大典之后，找个合适的时间，在外交部礼堂举行一个外交部成立大会，请您出席，给我们讲讲话。"

"可以！"周总理接着说，"从现在开始，外交部就正式开始工作了。请炳南注意：明天毛主席在开国大典上将宣读《中华人民共和国中央人民政府公告》，大典结束后，你们要将《公告》附上一个外交部由我签署的公函，派专人送到各国驻北平、南京、上海的原官方代表或机构，通过他们将《公告》和附函转到其各派遣国政府。这一文本包括附函要在开国大典前印好。这将是我们新中国的第一个对外文件。"

王炳南很有把握地说："我们一定办好！"

会后，王炳南除抓好《公告》和附函文本的准备工作外，还在驻地召开了一个中央外事组和新调来的几位领导同志出席的小会。会上，他首先传达了周总理要求办的事，然后传达了中国人民政府政治协商会议第一次会议所通过的《共同纲领》和选举毛主席为中华人民共和国中央人民政府主席，朱德、刘少奇、宋庆龄、李济深、张澜、高岗为副主席等情况。与会同志对这一具有重大历史意义的国家大事，无不欢欣鼓舞。须知，与会的每一个人都为这一天的到来，付出了心血和代价。

10月1日晨，王炳南首先抓的事是，认真检查和准备好两个文件的文本：《公告》和周总理署名的公函。

公函内容原文如下：

　　敬启者，中华人民共和国中央人民政府毛泽东主席已于本日发表了公告，我现将这个公告随函送达阁下，希为转交贵国政府。我认为中华人民共和国与世界各国建立正常的外交关系是需要的。

此致

×××先生

中华人民共和国外交部部长　周恩来

1949 年 10 月 1 日

　　待发的文件准备就绪后，王炳南便将已报到的外交部干部组织起来，准备前往天安门，参加下午 3 点开始的中华人民共和国的开国大典。

　　这天下午，天安门广场上的群众队伍组织得井井有条，气氛十分热烈。音乐声、唱歌声夹杂着口号声、欢呼声，使整个天安门广场出现了前所未有的欢腾。

　　毛主席在登上天安门城楼之前，在故宫勤政殿召开了中央人民政府委员会第一次会议，决定接受《中国人民政治协商会议共同纲领》，推举林伯渠为中央人民政府秘书长，任命周恩来为中央人民政府政务院总理兼外交部长，并通过中央人民政府公告。

　　开国大典之后，王炳南立即回到驻地，又核实了一下文本的准备情况。不多时，周总理亲自来到驻地。

周总理和外交部的同志们交谈几句后，便在王炳南的陪同下，来到他的临时办公室（北京饭店）。

周总理认真审核了即将发出的新中国第一个对外文件，并在每个公函的落款处签上了名。

《公告》的发送，也是外交部的一件大事，不能掉以轻心。

当时，各国驻华机构均集中在北京、南京和上海。北京有8个国家的总领馆和领馆，南京有11个大使、公使馆和代办处，上海有20多个总领事馆和领馆。

派谁和如何将文件发送到这些驻华机构？王炳南选定了两位有一定外事经验的干部曹桂生和韩叙去执行这一任务。曹、韩两位顺利地完成任务，均拿到了签名的回执。

外交无完时，无小事

12月5日下午，王炳南在处理完工作后到一位老朋友家小聚，一直聊到深夜，回住处时已经是6日凌晨两点。

王炳南刚刚躺下休息，通讯员来敲门，说有亲收急件。王顿时感到事关重大，当即拆开来件。原来是周总理给王炳南写来的亲笔信，内容如下：

炳南：

　　连打一小时之久的电话，外交部无人值夜班（？）你家也无人接，致无法从电话中与你通话。现特函告：今早（上午）六时零刻，苏联商务代表团车抵北京，命你按时到东（单）车站去接（以办公厅主任名义），不得延误。接到后，望即约他们（到）出席今晚宴会。罗申、齐赫文已离京，今晚去掉他的座位。

专告

周恩来　十二月六日四时

王炳南看罢周总理的来信，感慨不已，多在自责，但他不回避，不气馁。首先，他先去完成交办的任务；其次，认真地总结教训，改进工作。

事后，王炳南在办公厅会上说：周总理日理万机，不仅要主持国家的大政方针，还要抓外交部的工作。总理很忙，还为我们的工作花费时间，这是我的过错。

王炳南也从周总理的这封来信中，领悟了不少东西：外交无完时，无小事，外交干部必须把这根弦绷得紧紧的；办外交要雷厉风行，不能拖拖拉拉，大大咧咧，满不在乎；外交部必须做到24小时运作，要做到总理随叫随到。

接着，他在外交部部务会上做出决定：外交部设立值班室，日夜有人值班。值班室初建的任务是和政务院、周总理办公室建立直接联系。

值班室既是个联系机构，也是一个重要的办事机构。

在当时，设立这样的值班室，在政务院各部委中还是第一家，而且得到了周总理的赞赏。没过多久，中央党政各部委都效仿此举成立了各自的值班室。

第十章

乔冠华的风采与遗憾

乔冠华原是清华学子，也是 20 世纪我国名副其实的才子之一，他从日本、德国留学回国之后，以乔木为笔名在香港报纸上发表了大量文章，深得海内外各界的好评。

毛主席一次在延安对人说："你们读过乔木写的文章吗？他写的文章，可是好啊！有分析、有气魄，文章又如千军万马。我看，一篇他的文章，足足等于两个坦克师呢！"①

抗日战争期间，《新华日报》是中共中央南方局向全国宣传党中央政策的重要工具。中共中央南方局的负责人是周恩来，该报重要文章的主要执笔人是乔冠华。周恩来对乔冠华的文笔比较欣赏，认为乔是不可多得的人才，于是在 1942 年将乔冠华从香港调到中共中央南方局外事组工作。

周恩来见乔冠华的第一句话是："你的文章很好嘛！欢迎你

---

① 《乔冠华全传》，中国出版集团东方出版中心，2006，第 1032 页。

来重庆。"乔汇报了在香港的工作之后，想听听周恩来有什么指示或吩咐他什么任务，万没想到周恩来很关心乔的身体，劝他先休息几天，周说："你的肠胃有些不适，先在重庆休息几天，检查一下自己的身体。"周的几句话，使乔冠华非常感动。他没想到，这次与周总理相见竟是他在周总理领导下工作一辈子的开始。

外交上泼辣睿智

新中国诞生之后，乔冠华在周总理的领导下，在外交部做了大量工作。现记录几件趣事。

与美国斗智

1950 年，正当中国抗美援朝的时候，美国第七舰队开进台湾海峡，美国空军第十三航空队等各种美国武装人员纷纷进驻台湾。

美国武装侵占中国领土台湾，严重侵犯了中国领土主权。周恩来代表中国政府致电联合国，控告美国武装侵略我国，要求安理会制裁美国。美国则利用联合国对中国进行反扑，向安理会诬告中国"侵略朝鲜"。

10 月底，联合国秘书长赖依根据联合国宪章有关规定，通知中国，同意中国派代表团出席安理会会议，参加"美国侵略台湾案"的讨论。

这是中国外交史上的一件大事。新中国刚刚诞生，还没站稳脚跟就要跟美国在军事上交火，在政治舞台上对着干。经毛主席批准，中国派伍修权和乔冠华等人出席安理会会议，任务是，要充分表达新中国人民的要求，严正控诉美国武装侵略中国领土台湾。

年轻的乔冠华有不俗的智慧和才华。他在这次安理会会议上发挥了不小的作用。重大发言稿虽然已经中央审批，但到现场后，乔冠华仍根据实际情况逐段逐句地斟酌和推敲。

代表团成员在多种场合的即席发言，大都经过乔冠华那支生花的妙笔，一句一句地勾画出来。乔还要在会上及时地捕捉机会，建议伍修权即席发言。

伍修权、乔冠华等人代表中国人民出席联合国安理会，这是新中国的第一次，也是世界上的第一次。他们代表四万万七千万中华儿女用极为泼辣的语言、声威大震地谴责美国武装入侵我国领土台湾。这谴责发言稿句句在理，语惊四座，有力有节，落地有声。安理会各国代表对此甚为震惊，而美国代表面对中国人民的谴责，虽然反唇相讥，但也无可奈何，只能硬着头皮听下去。

在朝鲜写诗

1951—1953 年，乔冠华作为李克农的助手，参加朝鲜战争的停战谈判。这次谈判十分艰苦。我们的方针是：坚持原则，灵活应付，坚持再坚持，直到谈判争得了主动，直到美方坚持不下去了，我们就主动了。

有一次，"联合国军"在停战谈判过程中，明目张胆地打死了巡逻的中国军事警察。

按惯例，中国的军事警察每天要在对方代表团经过的地方进行警卫、搜索。这天，中国军事警察九人沿着板门店西面松谷里以北高地向东巡逻。当九人走到中立区内松谷里附近的时候，突然遭到敌军埋伏的三十多个武装人员的袭击，警卫队长姚庆祥当场被打死。这是一次重大的枪杀中立区军警的事件。

美国大兵十分看重自己的生命，却对中国人的生命如此残酷、毫无人性，实在令人发指，中国立即向对方提出了抗议。

中国赴朝人员在悲痛之余，为了悼念姚庆祥烈士，也为了表示对美方的愤慨，便安排了一个追悼会，而且将这一追悼活动通知美方，以表达我们的极大愤怒。

灵堂设在开城南门里高丽小学残存的教室里。灵堂两侧悬挂着两条大幅挽联，上联是"为保障对方安全反遭毒手"，下联是"向敌人讨还血债以慰英灵"。

这副对联还算不错，写出了事件的原委，表达了内心的愤怒。只是略微有点儿公式化，不够刺激，没有深度。

当时，李克农和乔冠华亲临灵堂检查。李克农看到这副对联后，自言自语地说："我觉得这挽联有点儿不足，难以表达人们的气愤。"于是李克农对乔冠华说："老乔，还是你想想，是否再写一副更醒目的挽联。"

乔冠华想了想，口述了一副挽联。

李克农拍手叫好，忙说："用你这副最好。"

乔冠华说出的对联是：世人皆知李奇微 举国同悲姚庆祥。

乔冠华的这副挽联，写出了自己的风格，一针见血，言简意赅，似如刀笔，醒目有力。

李奇微这位"联合国军"司令看了会哭笑不得，但李挑不出毛病来，既没骂他，也没刺激他，说不定他内心里还会乐滋滋的。因为挽联已把他抬成世界名人，却又提醒他：中国人民已经盯上你了。

话说乔冠华奉命去板门店参加朝鲜战争的停战谈判时，由于出发匆忙，轻装上阵，没带什么衣服。时至秋冬，朝鲜半岛很快变凉，没有防寒装备。为此，乔冠华计上心头，提笔给外交部办公厅主任王炳南写去一封公函，内容有趣，知者难忘。请欣赏：

炳南仁兄左右：

日日李奇微　夜夜乔埃事

虽然无结果　抗议复抗议。

苦哉新闻组　呜呜听消息

嗟我秘书处　一夜三坐起。

还有联络官　奔波板门店

直升飞机至　趋前握手见。

又有新闻记　日日得放屁

放屁如不臭　大家不满意。

记录虽闲事　抄写亦不易

如果错一字　误了国家事。

警卫更辛苦　跟来又跟去

万一有差错　脑壳就落地。

千万辛苦事　一一都过去

究竟为谁忙　四点七五亿。

遥念周总理　常怀毛主席

寄语有心人　应把冬衣寄。

为人大大咧咧

1967年"文革"初期，上海的造反派夺权后，外交部的造反派也跃跃欲试，提出要打倒陈毅、姬鹏飞、乔冠华（陈、姬、乔），遭到党中央的抵制。周总理找到外交部造反派头头，明确告诉他们："外交大权归中央，不能夺！"

既然外交大权夺不得，造反派头头也不敢造次，那就先把陈、姬、乔"打倒"再说。

鉴于这种情况，周总理找造反派做工作。周总理说："你们可以批判，但不能打倒，还要让他们为党工作。"还特别提到："不要打倒乔冠华，可让他做些具体工作。有些外交业务和写东西的事情，可交他去做。"

当周总理发现姬鹏飞、乔冠华偶尔被叫到大会上受批判时，周总理立即交代："外交部的对外业务工作不能停，批判可以，但不能影响工作！"

由于周总理有言在先，姬鹏飞、乔冠华偶尔参加批斗会，被造反派叫上台念念稿子、被臭批一通，也属走走形式。批完之后，姬鹏飞、乔冠华又返回办公室继续照常工作。

从乔冠华的个人情绪上看，他对这种批判，心中有底，经过一次批判，也就摸到了路数，也就没有那么大压力了。于是，他对大批判也满不在乎，若无其事。乔冠华每每受到批判之后回到办公室，仍然一如既往，轻轻松松、我行我素，偶尔还和宦乡说上几句笑话。宦问乔冠华："深受教育？"乔冠华抿着嘴说："革命小将们说我没触及灵魂。"

其实，乔冠华颇有一点儿自由职业者的习气。只要把自己严格看守好，把工作搞好，把文章写好，对某些身外事，某些清规戒律，并不重视，任凭风浪起，我自闲庭信步。

乔冠华通常夜里睡得很晚，早晨睡懒觉，不遵守上班时间。

"文革"来了，国内政治形势骤变，无处不在揪走资本主义道路的当权派（以下简称"走资派"），外交部也不例外。至于什么才是走资派？谁也弄不清。弄得各级领导都被揪得神经紧张，人人自危，恐怖异常。而此时的乔冠华自恃心中有数，若无其事，每天照旧按原来作息时间上班。

外交部秘书室一位热心人在乔冠华办公室门口贴上了一个劝告式的小纸条，上面写道："乔老爷，不要迟到了，请准时上班！"

事后，谁也不知乔冠华是否看到了这个小纸条，但第二天，乔冠华一如既往。

这就是乔冠华。有人写文章说，乔冠华在"文革"中被关在地下室，还有人说，乔冠华被关在牛棚里，这都不是事实。

说实在的，乔冠华在"文革"中也不总是那么泰然自若。

"文革"伊始，在东交民巷 15 号办公楼，我和龚澎一同上楼梯时相遇。龚澎身体不好，上楼梯很吃力，走得很慢，她一面走，一面对我说："远行，我很怕老乔出事。我担心的一件事是，1938 年老乔从德国回国之后，曾在国民党那里当了个中校军官，时间不长。如有人要揪他这段历史，谁也保不了他。而老乔总是那么大大咧咧的，真让我担心。"当时，我曾相劝说："别想那么多、想那么远，你千万要注意自己的身体！"

龚澎对我讲这件事，我认为是她对我的信任。因此，对乔冠华的这段历史，我没对任何人说过。

由此可见，乔冠华的内心世界也并不平静，在"文革"中，虽然他一直是那么大大咧咧的，但实际上他也是在提心吊胆地过日子。大家都知道乔冠华有夜里写东西的习惯，因此基本上都采取包容的态度。

早在香港，后在重庆、上海，乔冠华每天写社论、写评论、写文章，都在夜里动笔，白天睡大觉。进外交部之后，他这习惯也没改。他参与修改《人民日报》社论和"九评"文稿，也都是在夜里动笔。内心世界在想什么，知者不多。

因而，周围的人对乔冠华散散漫漫也都习以为常，反而对乔冠华出手的文章，比较留心，都很佩服乔冠华的文采。

"文革"开始不久，外交部秘书室的同志给乔冠华送了四个字:"刀笔先生",并写成一个横幅,贴在乔冠华办公室门框上。

至于这"刀笔"是出自何意,是嘲讽,还是恭维,是出于让人们知道乔冠华是位有才华的作家、是位以笔代刀的写手,还是借用了《史记·酷吏列传》中的刀笔,都不得而知。显然,写出这四个字的同志不是等闲之辈。究竟"刀笔"出自何意?只能以两个人的理解为准:一是这四个字的写者,二是乔冠华本人。

为文妙笔生花

有关乔冠华的才华、文笔的传说,在20世纪40年代至70年代尤盛,他那锋利、泼辣而又能生花的妙笔,几十年里写出了很多好文章。全国解放前《新华日报》的隔日社论、解放后《人民日报》的每篇社论,以及许多重大政府文件和对外评论文章,都是他亲自撰写或参与、协助修改出台的。正是凭借这一特长,在党的历次重大政治运动中,他都得到中央领导人的关照和保护。

乔冠华确有一套写文件、写文章的技巧和经验,遗憾的是,他写了一辈子文件,都没有好好总结。平时,乔冠华的工作担子本来就不轻,又自觉不自觉地卷入政治运动,因而他的确较为劳累。老伴去世,又得了一次大病,吐了不少的血,后由于无法抗拒的客观因素,也都没有来得及想这些事。结果,他和其他几位难得的"秀才"一样,都没来得及留下点儿什么写作经验，就默默地离开人世了。这一点，也是一个遗憾吧。

我现在只能依乔冠华平时写东西时所流露出的一些想法，略加介绍，供有兴趣者参考。

文章要体现主席的思想

乔冠华写文章的要领，主要是领会和运用毛主席的外交方略和思想。这个要领虽说有一定的普遍性，谁都可以做到，但由于经历不同，他的领会、感受和运用可能与众略有不同。

外交部很多人知道，不论是外交文件、调研报告，还是国际问题的评论，只要由乔冠华执笔，或经乔冠华修改，文章就出得好、出得快，这是为什么？乔冠华说："要领在于要掌握好中央的政策精神，掌握好毛主席的外交方略和思想。"

1950 年，毛主席要乔冠华修改一篇社论，在乔冠华动笔之前，毛主席当面向乔冠华交代："要把中央政策搞清楚。"

还有一次，中央组织几位"秀才"如王力、姚臻等人写一篇有关国际问题的文章。大家脱稿之后，都感觉写得不那么令人满意。结果，此稿真的就没通过。之后，此稿按照毛主席的要求，交由胡乔木再做修改。胡修改之后，大家都脱口叫好，都很满意。对此，乔冠华当众说："写文章，搞文件，我们十个也顶不了一个胡乔木。"乔冠华说此话的意思是，胡乔木有一个很大的优势，就是他在毛主席身边工作，很了解毛主席的思路和见解。

还有一次，乔冠华在办公室里琢磨了两天，修改一办案的请示报告，改动不少，加了很多。改后的文稿，确实很有说服力。一口气读下来，气势磅礴，无可挑剔，无不赞同。我读后，有些好奇地说了一句："这文件改得可够意思，真妙！"乔冠华立即回答说："这是小王（王海容）的思想，我的文字。"我听后又问了一句："你是说毛主席通过小王交代的思想？"乔冠华也干脆地回答说："你说对了！"

边喝茅台边写发言稿？

乔冠华率中国代表团出席26届联大时，发言语惊四座。几十年后，有人撰文说，这篇发言稿是乔冠华一边喝茅台一边写出来的；也有人说此稿是某某人起草的。这两种说法都不对。确切地说，这篇发言稿是由国际组几位才子共同起草，几经修改，又经乔冠华修改后，上报周总理审改批准的。

说句公道话，改稿容易，写稿难。外交部出台的文件和文章，基本上都是由主管外事的科员们起草成文的。联大发言稿是一个具有历史意义的发言，要求高、时间紧，要在几天内写好、改好、报批好。因此，此稿的经手人，谁都不敢掉以轻心。

坐了二十年冷板凳的国际组，突然要在短时间内拿出一篇联大发言稿，而且要求通过此次发言向世界宣告中国的对外政策和我国对重大国际问题的原则立场，以澄清一些对中国的不实之词，谈何容易。这对国际组是一个极大的锻炼和考验。

养兵千日，用兵一时，国际组的干部经过几番研究和加班，终于拿出了这篇内容全面的发言稿。

初稿出手，先经过国际组领导三稿乃至五稿的讨论、修改和锤炼，等送到乔冠华办公室时，此稿已经修改过五稿，乃至六稿。

乔冠华看过此稿，认为基本可用，但不甚满意，便提出修改意见，再退国际组去修改。

才子们经过修改，再送给乔冠华，就已经修改到七稿或八稿了。乔冠华看过，觉得满意，就留下了。

乔冠华经过一番斟酌之后，在一天晚上，把几位撰稿人请到家里，在夜深人静的时候，集体处理这篇发言稿。

乔冠华的改稿办法是，在大的框架确定后，开始对文稿逐段逐句地修改。乔冠华看着稿子说一句，写手们记一句。有时，乔冠华的灵感出现一个什么意思，有驾驭文字能力的写手很快就造句成文，把乔冠华的意思表达出来。就这样一句一句地形成文章。接着，写手们读一段，过一段。最后，一气呵成，修改出这篇朗朗上口的震惊中外的联大发言稿。

此发言稿从内容上看，充分体现了毛主席外交的雄才大略。除感谢支持恢复中国合法权利的友好国家外，着重阐明中国的对外政策：坚持独立自主，不屈于任何外来压力；坚持反对超级大国的霸权主义，充分表达出那种"独有英雄驱虎豹，更无豪杰怕熊罴"的精神；同时又以诚恳的语言，表达了中国与不结盟国家、发展中国家友好合作的愿望。

此发言稿从文字上看，不俗套，不枯燥，文笔新颖，流畅活泼，政策说得清楚，愿望讲得明白，以理服人，以诚服人，不强加于人。

次日，乔冠华再顺一遍修改稿，并略加润色，然后便报请周总理审批。周总理核阅后即报请毛主席审批。毛主席审阅后，没有改动，立即圈阅同意。

关于乔冠华喝茅台写文章的一些说法，有的不符合事实。

有人传说，"乔冠华写文章必喝茅台""某某声明是乔冠华夜里喝了一瓶茅台写出来的""乔冠华的文章是茅台酒酿出来的""某发言稿是乔冠华和某人喝了一瓶茅台议出来的"。乔冠华生前对一些不实的说法，不屑一顾，认为这些说法无伤大雅。

人人喜欢茅台，乔冠华更甚。有人说茅台可以解除疲劳，可以排除愁肠。也有人说，茅台可以提神，可以焕发灵感。而乔冠华时而开玩笑地指着茅台瓶说："这是文化，不可暴饮！"事实上也是如此，多少年来，我从没见过乔冠华喝得酩酊大醉。

平时，乔冠华在家里写东西，常以烟酒相伴，也是以此来激发灵感，这是他常年的习惯。但是，没有茅台，他也会使他的笔在纸上生花。譬如他在办公室或在中南海或在钓鱼台，甚至在毛主席或周总理身边写东西，没有茅台，也没影响他灵感的发挥，也没影响他撰稿的风格和质量。

同时，我还要讲到的是，乔冠华除个别朋友外，一般不愿主动请别人喝他的茅台，他在这方面比较吝啬。这也难怪，一是因为他每天都喝一点儿茅台，成了习惯、嗜好，天天如此，开销不小。二是因为那些年，经济困难、"文革"干扰，茅台奇缺，商店里买不到。

有一年，在纽约，完成任务即将回国的一个晚上，常驻纽约的几位同事和他一起喝了两杯茅台。酒后，他情绪不错，在卧室里和我聊天的时候，他借茅台的后劲，兴致勃勃地写了一首诗，诗文是：

何处塑寰球？

无限风光纽约楼！

四海翻腾多少事？

悠悠，

从容缓带兴轻裘。

奋起古神州！

高举红旗争上游。

天下英雄谁敌手？

帝、修，

不扫妖气誓不休！

结　语

值此新中国成立 70 周年之际，面对祖国日新月异的变化，大家都情不自禁地回忆过去，展望未来，满怀信心地为实现中华民族的伟大复兴而奋斗。我也按捺不住内心的喜悦，要和大家一起分享新中国外交的巨大成果，歌颂我党带领我们走长征路，从一个胜利走向另一个胜利。

20 世纪 50 年代，刚成立的新中国，虽然很穷、很孤立，但从不拿原则做交易，不仅宣布"废除一切不平等条约"，还提出要建交必须通过谈判，符合新中国的要求就建交，否则免谈。

不久，新中国又提议召开有大国出席的日内瓦会议，讨论结束朝鲜和印度支那地区战争。这一提议，使向外侵略的大国都很恼火，但又无法拒绝，结果日内瓦会议开得很成功。

更为奇特的是，在日内瓦会议结束时，诞生了一个中美两国可以开展官方往来的中美大使级会谈。这一会谈持续了十五年之久，虽然没有什么重大成果，却为中美日后高层交往建立了一个新的沟通渠道，为中美两国关系改善提供了转机。

60年代，新中国面临一系列紧张的国际局势，美国在我南方虎视眈眈，苏联在我北方磨刀霍霍，大有山雨欲来风满楼之势。当时有个问题：战争是不可避免的，还是可以避免的？怎么看？

对此，中央提出"主观认识应该力求符合客观实际"，经过精准研究，认为：美国不会轻易对中国动手；苏联也不敢打，而且美苏矛盾大于中美矛盾，也大于中苏矛盾。可以断言，"战争是可以避免的"。面对这一客观现实，我们的主观认识也应该跟上来，可以利用中、美、苏大三角的明争暗斗，创造条件，摆脱冷战，并可以充分利用一切有利条件，提高和增强自己的综合国力。

70年代，联合国大会通过决议，恢复了中华人民共和国的合法席位，这是大量发展中国家在联合国多年奋斗的结果；又由于我国欢迎美国乒乓球队访华等，就改善中美关系，出现了可喜的转机。这一心照不宣的双边友好往来，推动了尼克松总统访华，并诞生了《上海中美联合公报》，为我国开展全方位外交、提高我国声誉起了不小的作用。

本书以故事的写法，向读者介绍一些我本人亲历的外交往事，尽量说清楚新中国外交工作的发展和变化，以对新中国的外交历史做些补充，仅此而已，敬请各位读者批评指正。

2019年8月